中国当代名家
系列作品选
散文卷

繁星如雨

蒋建伟 李兴海 主编

江西教育出版社
JIANGXI EDUCATION PUBLISHING HOUSE
·南昌·

图书在版编目（CIP）数据

繁星如雨 / 蒋建伟，李兴海主编．-- 南昌：江西教育出版社，2022.2

（中国当代名家系列作品选．散文卷）

ISBN 978-7-5705-2620-8

Ⅰ．①繁… Ⅱ．①蒋… ②李… Ⅲ．①散文集 – 中国 – 当代 Ⅳ．① I267

中国版本图书馆 CIP 数据核字 (2021) 第 203390 号

繁星如雨

FANXING RUYU

蒋建伟　李兴海　主编

出 品 人　廖晓勇
选题策划　李永山
责任编辑　万慧霖
责任印制　朱贤民

江西教育出版社出版

（南昌市抚河北路 291 号　　邮编：330008）

各地新华书店经销

湖南天闻新华印务有限公司印刷

787 毫米 ×1092 毫米　1/32　10 印张　字数 150 千字

2022 年 2 月第 1 版　2022 年 2 月第 1 次印刷

ISBN 978-7-5705-2620-8

定价：49.80 元

赣教版图书如有印装质量问题，请向我社调换　电话：0791-86710427

投稿邮箱：JXJYCBS@163.com　电话：0791-86705643

网址：http://www.jxeph.com

赣版权登字 -02-2021-654

序

何为散文？

“在中国文学史上，散文这个概念显然并非立足于其形式和内容方面的‘散’或‘不散’，而是相对于韵文而言的散行文体。”著名学者林非认为：“这种韵散之别的表达方式，在上古时期并未被引起重视，汉晋以来对文体的辨析渐趋细致，逐步形成了对韵散各种问题的论列。刘勰《文心雕龙·总术》以为‘今之常言有文有笔，以为无韵者笔也，有韵者文也’，他在《文心雕龙》中所列举的21种文体，属于他所说的‘笔’的部分16种，大体都可归入广义散文的范畴。”如此来看，“形散而神不散”只是中国当代散文写作中的一种写法，并不能代表所有散文的写法，更不能给散文写作者套上这个“紧箍咒”，提前设置这个不必要的清规戒律。我们需要打破散文创作的陈规，力求创新。比方说，可不可以“神散而形不散”“精短美文”？可不可以“大文化散文”“民生散文”“军旅散文”“亲情散文”“纪实散文”“动植物微观随笔”“禅意小品”“哲思札记”“笔记体散文”“手机短信散文”“微信散文”“民间语文式散文”，甚至说，可不可以“散文的诗歌化语言”“诗散文的想象与叙事”？……在创新的过程中寻找一条出路，思想才会飞翔，飞得越来越远。

古今中外的文学家，都在思考一个问题：“如何写好散文？”郁达夫在《中国新文学大系·散文二集》的《导言》中，也介绍过散文分类的方法，他倾向于将散文用“实写、抒情、说理”三项来概括，认为这种分类方法“合理而简明”。其中所说的“实写”，带有当代散文写作中纪实、叙事和写人的意味，属于非虚构写作，表达形式也是林林总总，对文学技法的要求不高，很容易被大众接受和喜爱。练习者一多，经常写散文、发表散文的作者也便成了散文家，有了自己较为熟练的技巧和经验，有了自己或激情四射、或思想空灵的个性。这种个性，就是文学创作中所讲的特立独行，也只有这样，读者才能从世界上浩如烟海的散文作品当中一下子认出你的作品。

文学创作的形式、技巧，可以千变万化，但是，内核不能变。说起来，小说应该有小说的样子：虚构和想象。散文也应该有散文的样子：善良，特别是埋藏于人性深处的善良。我认为，散文家的笔下，首先讲究真实，然后，善良才是一篇散文作品的内核。

“我们需要好人的存在！”著名作家梁晓声始终在呼吁中国社会要提倡好人文化。他说：“好的文化会有许多的标准，其中最重要的一条，就是关于好人。好人最重要的一条标准就是善良，这是根。秉持着善良这一点，对许多事情的判断都不会那么复杂，变得相对简单了。”“我们希望有一天，做一个好人能成为生活幸福指数的一部分。”也就是说，不论在任何时代，都需要好人多一些。

换句话说，好人作为推动社会进步的个体，可以阻止时代向不好的方面倒退。那么，什么样的人才是好人呢？在这里，梁晓声所说的好人并不是老好人，而是自身有文化、有知识、有价值观的人。

善良，不仅是一种文化，也是一个人的情怀。所以说，我们写散文的人，包括许多还在学校写作文的小学生、中学生、大学生，要做一个善良的人，写出善良的文字。

写到这里，我不由自主地想起了90岁高龄的林非先生。林非先生一生致力于中国散文和鲁迅研究，作文严谨，著作等身，不知扶持了多少后生晚辈，做过多少件善良的事情！乃至，多得连林非先生自己都忘了。印象最深刻的是，每次我给他打电话，还没等我张口，他就抢先说："你刚刚发表的文章我看了，写得很好——"他把最后一个字的余音拖得很长，有肯定，有鼓励，有期许，让人心底好一阵温暖。近年来，他困顿于病床之上，然读书仍不知疲倦。2020年春节前，我和林非先生的爱人、作家肖凤短暂通话，谈及先生的病况，很是牵念。这之后，全球新型冠状病毒肺炎疫情来袭，反反复复侵扰，已经两年多没有他的消息了。想起他面对面对我的教导，想起他对于我的创作的关爱和批评，泪水翻涌，心音默默，唯有遥祝他老人家早日康复。我的耳边，时常响起林非先生的两句话："一切出于真挚和至诚，才是散文创作唯一可以走的路。""千万注意坦率地表露出自己的真情实感和内心图景，千万别将内心封闭起来假装崇高，否则，是无法让读者相信作者真正是崇高的。"

我们所擅长的东西，也正是需要我们保持万分警惕的东西。北宋初年文坛有一场轰轰烈烈的古文运动，以欧阳修等人为代表的文人群体探讨着如何继承与发展韩愈、柳宗元的散文传统，他们对于"道统"还是"文统"进行了反复激烈的大争论，这充分显示出他们在自己发起的古文运动中，具有十分自觉的建树散文文体的意识。

这也说明，散文写作不是一成不变的，是能够求新、求变的，我们通过一篇篇的摸索和实践，一次次的思考和参悟，一次次的碰壁、被打倒、站起来，然后继续碰壁、碰壁，不断地在否定自己和发现自己的困惑中有所感悟，有所成长和进步。

这套书，这么多篇的散文，希望能带给读者不一样的阅读体验。

蒋建伟

2021年11月9日于北京

目录

不朽的失眠

张晓风

他落榜了！一千二百年前。榜纸那么大那么长，然而，就是没有他的名字。啊！竟单单容不下他的名字——“张继”那两个字。

考中的人，姓名一笔一画写在榜单上，天下皆知。奇怪的是，在他的感觉里，考不上，才更是天下皆知，这件事令他羞惭沮丧。

离开京城吧！议好了价，他登上小舟。本来预期的情节不是这样的，本来也许有插花游街、马蹄轻疾的风流，有衣锦还乡、袍笏加身的荣耀。然而，寒窗十年，虽有他的悬梁刺股，琼林宴上，却并没有他的一角席次。

船行似风。

江枫如火，在岸上举着冷冷的爝焰。这天黄昏，船，来到了苏州。但，这美丽的古城，对张继而言，也无非是另一个触动愁情的地方。

如果说白天有什么该做的事，对一个读书人而言，就是读书吧！夜晚呢？夜晚该睡觉，以便养足精神第二天再读。然而，今夜是一个忧伤的夜晚。今夜，在异乡，在江畔，在秋冷雁高的季节，容许一个落魄的士子放肆他的忧伤。江水，可以无限度地收纳古往今来一切不顺遂之人的泪水。

这样的夜晚，残酷地坐着，亲自听自己的心正被什么东西啮食而一点一点消失的声音。并且眼睁睁地看自己的生命如劲风中的残灯，所有的力气都花在抗拒，油快尽了，微火每一刹那都可能熄灭。然而，可恨的是，终其一生，它都不曾华美灿烂过啊！

江水睡了，船睡了，船家睡了，岸上的人也睡了。唯有他，张继，醒着，夜愈深，愈清醒，清醒如败叶落余的枯树，似梁燕飞去的空巢。

起先，是睡眠排拒了他（也罢，这半生，不是处处都遭排拒吗？）；而后，是他在赌气。好，无眠就无眠，长夜独醒，就干脆彻底来为自己验伤，有何不可？

月亮西斜了，一副意兴阑珊的样子。有鸟啼，粗嗄嘶哑，是乌鸦。那月亮被它一声声叫得更暗淡了。江岸上，想已霜结千草。夜空里，星子亦如清霜，一粒粒冷艳凄绝。在须角在眉梢，他感觉，似乎也森然生凉，那阴阴不怀好意的凉气啊，正等待凝成早秋的霜花，来贴缀他惨绿少年的容颜。

江上渔火二三，他们在干什么？在捕鱼吧，或者，虾？他们也会有撒空网的时候吗？世路艰辛啊！即使潇洒的捕鱼人，也不免投身在风波里吧？

然而，能辛苦工作，也是一种幸福呢！今夜，月自光其光，霜自冷其冷，安心的人在安眠，工作的人去工作。只有我张继，是天不管地不收的一个，是既没有权利去工作，也没福气去睡眠的一个……

钟声响了，这奇怪的深夜的寒山寺钟声。一般寺庙，都是暮鼓晨钟，寒山寺却敲“夜半钟”，用以警世。钟声贴着水面传来，在别人，那声音只是睡梦中模糊的衬底音乐。在他，却一记一记都撞击在心坎上，正中要害。钟声那么美丽，但钟自己到底是痛还是不痛呢？

既然无眠，他推枕而起，摸黑写下“枫桥夜泊”四字。然后，就把其余二十八个字照抄下来。我说“照抄”，是因为那二十八个字在他心底已像白墙上的黑字一样分明凸显：

月落乌啼霜满天，
江枫渔火对愁眠。
姑苏城外寒山寺，
夜半钟声到客船。

感谢上苍，如果没有落第的张继，诗的历史上便少了一首好诗，我们的某一种心情，就没有人来为我们一语道破。

一千二百年过去了，那张长长的榜单上（就是张继挤不进去的那纸金榜）曾经出现过的状元是谁？哈！谁管他是谁！真正被记得的名字是落第者“张继”。有人会记得那一届状元披红游街的盛景吗？不！我们只记得秋夜的客船上那个失意的人，以及他那场不朽的失眠。

那些路

徐则臣

火车开过去，十万条道路从大地上浮起来。从北京到东海，近八百公里，城市、村庄、树木和行人，然后是光秃秃的冬天。北国的野地里什么都藏不下，那些道路一条条浮出大地。我从小迷恋火车，喜欢简陋苍茫的小车站，坐上火车之后，又迷恋火车经过野地的时分。很多年了，说不清楚为什么独独喜欢窗外一路荒凉的景色。车穿过城市，我有离愁；经过村镇，我心生温暖；唯有驶入野地，我才充实、喜悦，莫名悲壮般的兴奋。

夜火车也好，白昼的旅行也好，我总要把持住窗口的位子，一直歪着头看窗外。窗外有好景致嘛，我就是喜欢看。那些一掠而过的草木和房屋，那些向后倒退的三两个行人，移动不了，再快也跑不过去的是一片大野地。我说过，只是在火车上我才真正看见了大地，大地之大，大的地。所有的叶子都黄了，荒了，落了，几棵柳树繁茂的细枝条丛丛簇簇，竟然泛着红色。沿途多处的芦苇荒在干枯的河道里，没有人收割。还蓄着去年河水的水渠和河流，满满当当地结了冰，远远看去我以为是一条明亮的路。光滑，惨白，是这个冬天的镜子。

看，我说到了路，终于找到了。我一直在窗外的野地里寻找的，大约就是这个“路”。这些年里坚定地不把目光从火车外的野地里移开，应该就是因为这些路。现在，它们终于浮现在我的眼前。在此之前，它们已经浮出了大地之上，只是我没有看见。现在看见了，那么多。像从座位下的铁轨处开始生长，曲折蛇行，盘旋在一块野地。也有直走的，与风的方向相同，直来直去。几乎所有的路都高出地面，这是我在火车上发现的。

冬天里，它们结实、明亮，如同一条条带子和河流，它们把大地聚集在了一起。人们都说，路是脚踩出来的。其实不如说，路是脚印堆积而成的。所有的脚印都是透明的，无数的人把他们的脚印叠放在一条带状的土地上，就成了明亮的路，就有了厚度，它们不得不高出地面。你第一次看到它们，才会发现，它们像突然之间从大地上浮起来。一茬茬人死去，脚印留下来，变成路，交错、纠结。不知道他们从哪里开始落下第一个脚印，也不知道这一条条路最终通向哪里。

我对每一条路都充满兴趣，它们在我视野尽头隐入大地深处，它们会在哪个地方结束，又会从哪个地方重新开始。我盯着一条路，看着它被两行树和一片荒草淹没。看不见，它也在，那么多的脚印必然需要有个好的去处。我想象它如一湾水蜿蜒前行，奔向一间屋子，一个人，那个人站在门前，举起清白的手，她望去路如看来生，她如送如迎，对远道而来的人微笑。在风里，她有鲜活温润的身体。那条路在她脚边停下，然后重新开始，从此布满大地。

到石码去

舒婷

世上大约没有人能记起他出生的那一天，人间以什么样的面目迎接他。我虽然满月之后就离开石码，再也没有回去过，但那一天的情景却完整无缺地留在我的记忆中，而且一年比一年丰富细致。

沿海一个小小的渔镇，螺号吹出一股一股沁凉的晨雾。爸爸出差去了。临时租借的住房潮湿又空旷，除了粗糙的石条窗透过几线光亮，再有就是那敞开着的小门，门前几级苔痕斑斑的石阶接上路面，可以看见几双穿木屐的大脚沉实有力地踩过，脚趾虎虎地张开，褐色的宽裤管带起腥味的风。鱼尾甩动的大箩筐辚辚地拖过石条街，到处是闪闪发亮的鳞片。

阳光渐渐炽热起来，石条街像一条流动的火河。临时请来帮忙的渔妇靠在门框上，被正午的倦意侵袭，渐渐打起盹来。

一支蜡烛在硕大无朋的圆桌上自得其乐。

妈妈的床缩在大房子的最深处，垂着蚊帐，像一艘落下帆的小船，泊在荒凉的海边，涛声时高时低。

外乡、独居，又怀着一个不安分的小生命。她好幻想又多愁的气质足够让她在阵痛的间歇中体味处境的寂寞和神秘。也许她想起外婆家她的清净卧室，风百无聊赖地翻动遗忘在钢琴上的乐谱，自鸣钟一下一下地测量着岑寂。枕边那一册《聊斋志异》犹夹着多少狐仙和诡异的故事呀，在她们那一帮女生中，她时常拿这些故事吓唬吱吱尖叫的姑娘们，其实多半首先吓了她自己。

突然一阵风，凉凉的（妈妈一直这样强调，而且声明她绝没有睡着），烛焰低抑，一个黑乎乎的影子隔着蚊帐撞向妈妈怀里。妈妈大惊，猛地撩起蚊帐，只见那渔妇靠在门框睡得正熟，黑猫蹬过她厚实的赤脚，一蹭，上了街。蜡烛快燃尽了，小小的火焰犹如一面小旗，飘动、展开、垂落……

我在那天下午出生，妈妈那天看见了什么，谁知道呢，但从此我便有了“精灵儿”的绰号。

满月之后，绸缎庄老板把他的三小姐和外孙女一同接回大都市。

我那常在地方小报上发点歪诗的爸爸，抱着他的鬈发黑黑、肤色雪白的“精灵儿”，在花园回廊上大叫：“女神，我的女神。”尽管后来女神长成了丑八怪，但父亲对我的溺爱有增无减，原因也和我的“精灵”有关。

走在街上专挑沟沿、栏杆爬高蹿低，和男孩子去钓鱼，吊在龙眼树上偷嘴，都有我的份。尤其我们家在遭难之后，妈妈遇事总和我商量，在她高兴或不高兴的时候，夸我也好，骂我也好，常是啐一声“精灵鬼”！有一天我要填履历表了，妈妈告诉我籍贯要写泉州。什么？我明明出生在石码嘛！我随爸爸去过泉州，一点也不喜欢。泉州是一条又一条绕来绕去绕个没完的小巷，一张又一张据说是亲属而又从未见过面的脸孔。我唯一感兴趣的是爷爷和奶奶的洞房，但那已被我叫不出辈分的族亲翻修一新。籍贯在泉州是多么暗淡呀。

我的石码镇白天有慷慨热烈的阳光，存在石缝，流在海滩，到了晚上就发酵成浓浓的酒香。清冷的月牙儿像一弯快镰，收割一簇一簇浪花，波涛痴痴地笑着，纠缠着苍白的石阶。码头边泊着小小的渔船，透过船篷是红红的灯，看得见古铜色的脊梁护卫着一窝甜甜的梦，梦中的渔家孩子像黑鳗一样扭动着。啊，咸味的梦和大海息息相关。

让我在籍贯一栏藏着我的渔镇吧，今天填乡音如缕，明天填南曲一管。我在我自己的热爱中，吮吸爸爸妈妈的回想，丰满了我出生的那一块热土。

过了许多年，我在一些场合上认识了不少石码人，他们热情地邀请我去玩，并且告诉我，再也没有石条街了，都成了柏油路。那种古堡似的老房子怕也不在了，甚至鱼也少了，现在镇上的主要经济是工厂。

终于有一天，我把一张六角钱的船票端详了许久。六角钱，这么简单，一艘“突突突”弥漫着汽油味的小火轮就能把人带过三十二年辽阔的怀想，抵达梦之湾吗？

三十二年，小镇的人与事也在我的思念中成长与凋谢。我常想那只那么残酷地掴我屁股蛋的蒲扇大手，现在一定像老树皮那样搁在膝上，还会有孩子愿意听他讲陈年烂芝麻吗？三十多年前，有位爱抹眼泪的“先生娘”在这儿养了个哭不出声的精灵儿……街角的碗匙敲击声，还一样有节奏地诱惑行人夜归的脚步吗？但卖鱼丸汤的定不是那爱咳两声的老头，该是他的儿子或孙子了。虽然那胡椒味儿，那葱花香，是我在娘胎里就熟悉了的。

我的手一松，绿色的船票顺着波涛一耸一耸漂走……

让那新建的公寓大楼替代我那秘藏无数鬼魅传闻的老房子吧；让渔民综合企业公司孵出一批一批羽毛斑斓的青年和姑娘吧；让穿木屐的脚都套上三接头皮鞋，让乔其纱和红领带在大街上飘吧；让所有的孩子都出生在那样一个热烈、明朗、高速度的现代化都市吧！只是在我的感情里永远有一扇开着的小门，像一个简朴的画框，嵌着那天的阳光，那条市声喧闹的石条街，和一个“精灵儿”三十二年绵绵的眷念。

悠悠江水外婆谣

陈蕙卿

外婆的家在九江的对岸，湖北省黄梅县的小池镇。外婆是在八十四岁的高龄时离开我们的。虽然外婆离开我们已经十多年了，但是，浩瀚的长江就像奔流不息的血脉，岁岁年年，外婆的家依旧是我翘首期盼的歌谣。

江汉平原的四月，是最惬意的时节。花的浓香，黑土的芬芳，都在潮湿的空气里酝酿，一望无际，萦绕在房前屋后的杨树林间，藏匿在黑瓦白墙的炊烟中，悦动在狗儿和孩童的嬉戏里。外婆的坟就在小池镇临近长江的大堤旁，醉卧花海，遥望九江长江大桥，不阔绰却很温馨。正值清明，高高的坟头上，飘满了色彩绚丽的清明花，墓碑上还刻有我一生都未曾谋面的外公的名字。年已八十的母亲说，外公曾是一位封建码头，掌管着长江小池口岸进出口的货运，可威风呢。当年，长相俊朗、意气风发的外公娶回了娇小玲珑、妩媚可爱的十六岁的外婆，于是，夫唱妇随，一鼓作气生下了六个女儿和一个男丁，母亲排行老二，是他们的第二个女儿。百万雄师过大江那年，一对夫妻因未能生育，又见幼年的母亲聪敏伶俐而倍加喜爱，欲收养母亲。外公见刚生育了三姨的外婆流着泪不忍骨肉离别，也就作罢。多年后，在他们的第六个女儿还在外婆腹中的时候，壮年的外公终于因码头被没收而心力交瘁，贫病交集中只来得及看一眼孙辈中刚出生的一民表哥，便撒手人寰。人到中年的外婆在含悲忍泪中生下了他们的第六个女儿——我的七姨，月子里就擦干了眼泪，咬紧了牙关，瘦弱的双肩扛起了码头上的货物，摇晃在长江的风浪里，踉跄在沿江防洪大堤的泥泞间。外婆白发早生，腰背渐佝，她的美貌在日渐捉襟见肘的辛劳中已成过往烟云。从我记事起，外婆就总是佝偻着腰身，从冒着黑烟低矮的厨房到并不宽敞的堂屋再到光线暗淡的卧房，来来回回之间，脚步总是匆忙，身形总是弯曲，手也从不闲着，似乎总有做不完的事。虽然忙碌，但是在外婆沟壑纵横的脸上却始终漾着笑，还有那嘴角微微上扬之后，就能听得到的悠长的喊叫声：慧啊，来吃刚炸出来的面果啊——

外婆炸的面果是记忆里最好吃的点心。方法很简单：将长江水渗入松软雪白的面粉中，外婆满是老茧的手沾满了面粉的白色，在四月里江汉平原温润的日光下，显得那样柔美。柔与刚在瓦盆里张弛有度地揉捏，不一会儿，散散的面粉就和紧成了糯糯的面团。将面团切成几大块，用擀面杖将面团往四方摊开，摊成薄薄的面皮，在面皮上撒上几点黑芝麻，再切成形态各异的几何图形，或三角或四边或等腰三角或圆形，间或还有一些可爱的小动物图案。真的难以想象，从未进过学堂的外婆是凭着怎样的想象力，将面果切成如此规则有序的几何图形的。待锅里的油翻滚之后，外婆便将这些看着就让人喜爱的小面果抛撒进油锅里。随着小面果的上下翻滚，只消几秒钟，金色的面果就香喷喷、油滋滋地被捞出了油锅，外婆也就满脸汗珠儿滴落着，笑盈盈地看着我们这些站在一旁眼珠子都要馋出来的孩子们。还未等下一把面果出锅，滚烫的面果就已被我们手脚并用抢得精光。尽管唇边为此冒着火一样的泡泡，外婆的面果却是我们一直香甜至今的美味佳肴。

清明时节，蚕豆花儿开、蝴蝶飞的时候，再次听到外婆悠长的喊声，就像听一首动听而古老的歌谣。这首歌谣是那一年在江汉平原的田野上听到的，勤朴辛劳的外婆一生也不曾唱过，但我却始终以为这首歌谣是我的外婆唱出来的，它每时每刻都洋溢在外婆微微上扬的嘴角边，那是外婆心田里最好听的歌谣：

蚕呀蚕豆花哟，一呀一排排，像蝴蝶哟哟哟哟，飞田间呀像蝴蝶哟哟哟哟，飞呀飞田间，哟哟哟！风吹翅膀哟，一呀一闪闪，变成豆豆哟哟哟哟，睡田间呀变成豆豆哟哟哟哟，睡呀睡田间，哟哟哟……

童年居住在庐山脚下的我，一直有一个很不合时宜的愿望，就是盼着过清明。因为清明里，我和我的两个弟弟可以跟着父亲母亲，走出那个供销社的四合院，前往外婆家祭拜外公，看外婆的笑容，听外婆悠长的喊叫声。在江南早春的寒风冷雨中，我们徒步行走了近十里的沙石路之后，来到九江县城，又在城里小小的火车站里，和众多提篓挑担的人们一起挤上那列喘着粗气、冒着黑烟的闷罐铁皮车，坐在煤灰里，分不清白天黑夜，晃荡在前往九江市漫长的铁轨上。从九江火车站到长江船码头，又是一段疾步行走，直走得额头上冒出了层层细密的汗珠儿。然而，拥有两个船头两层楼般的长江渡轮又给我和我的两个弟弟带来了许多的快乐。在母亲的叮嘱中，我们欢笑着，从船头跑到船尾，看浪花击打在船舷飞溅入船舱的飞沫；从一楼跑到二楼，看江豚拱起黝黑油亮的脊背在长江里畅游；从渡轮的左舷跑到渡轮的右舷，看九江的高楼渐远，外婆家的矮房渐近；从渡轮颤颤的栈桥跳到小池镇泥土大堤的那一刻，那种即将看到外婆的笑容，听到外婆悠长呼喊声的喜悦，也就纷扬在了我被江风吹得青紫冰凉的小脸上。

外婆的家是只有一层的小黑瓦房，周边是渐起的高楼，阳光很窄，从一线天里射了下来。长我三岁的一民表哥，与我同岁的一萍表妹以及陆续出生的一大群表弟表妹们也都来了。外婆佝着腰、眼里漾着笑，在厨房里做着她用来招待我们的面果，呛鼻的油烟里飘来了外婆悠长的喊叫声：慧啊，来吃刚炸出来的面果啊——面果的香脆就这样如外婆心田里的歌谣，在房前屋后的蚕豆花香里甜甜脆脆地弥散了。

晌午的时候，外婆常坐在门外一把竹制的椅子上，佝偻着腰背，骨节粗大的手一片片择着手中的菜叶。阳光照在外婆的脸上，虽然沧桑却满是笑意，看着我们这一群兄弟姊妹们在一线天的日光下玩着跳房子的游戏。江汉平原的土地黑得流油，不知谁家的鸟儿羽毛上沾上了蚕豆的种子，一不留神便撒落在了屋前房后的缝隙里。早春时节，冒着黑油的墙角便茂茂盛盛长出了许多的蚕豆秧苗，清明时节，又都热热闹闹开满了紫色的蝴蝶花。那种深深浅浅的紫就像江南的烟花细雨，在江南的四月风里轻轻地飘曳，引得几个身形轻盈的小粉蝶，在紫色的流云里流连忘返。表弟表妹里总有几个不安分的，手到脚到之处，便是蚕豆花儿落蝴蝶儿惊飞的情景。于是，外婆的喊叫声宛如歌谣一样又在我的耳旁悠长地响起：慧啊，叫他们莫乱来，那花就是豆子啊——

午饭后，外婆拎着一篮子衣物要去河里洗。一民表哥到底要活泼些，见田间野地里一片姹紫嫣红，便丢下跳房子的游戏带着我们跟着外婆跑出了一线天。如水彩画一样的江汉平原，红的似霞，粉的娇嫩，白的如雪，紫的扬烟，绿的碧翠，黄的像金，黑的如油。几头老牛悠闲地嚼着嫩绿的青草，一只小牛犊在它的母亲身旁调皮地蹬着两腿、甩着牛角“哞哞”地叫唤，两只小狗在河边的草间欢愉地打着滚，不远处的小河，清凌凌的河水在阳光下闪着波光。外婆选了一处一头伸向河里、一头连接岸边的长条大青石蹲了下来，屁股底下垫着一块小方石。棒槌敲打衣物的梆梆声，在皂角水草的汁沫里漂流，在四野的蚕豆花香里清扬。一民表哥带着我们一会儿钻进金色如海的油菜花地里，一会儿藏进紫云深深的蚕豆花地里，一会儿又跑进才没小腿青油油的菜地里。田埂上，一小堆新鲜的牛粪藏在了一堆青草后，一民表哥纵身一跃而过，调皮地回头冲着我怪笑。被一民表哥笑得很是莫名往后看一萍表妹的我，不小心一脚踩进了牛屎堆，外婆新做的布鞋瞬间变成了牛屎坨。一萍表妹和两个弟弟笑得都快岔了气，我的眼泪唰地就下来了。或许是感觉到自己做错了事，一民表哥牵着我的手走到了小河边，扯把青草极力想替我擦掉牛屎。湿漉漉的牛屎在一民表哥的胡抹乱擦下越来越散，脚踝都已是黄绿一片，烘臭一气。我的眼泪流得更欢了。不知什么时候，外婆佝偻着腰，在衣襟上擦着水淋淋的手远远地走来了。于是，外婆的歌谣便又在四野开着蝴蝶花的蚕豆地里悠长地响了起来：慧啊，莫哭，回家给你换双新的——虽然有些沙哑，但于我听来，却是如此的动听，宛若天籁。

夜色下的小池镇静谧而且安详。外婆家不知哪面墙的角落里，油蛉和蟋蟀在殷勤地对歌，想必是那浓烈而灿烂的蚕豆花的幽香惹得它们情思绵绵，难以歇息，所以不眠不休，直唱到天明。外婆家两间小小的卧房里，横竖各摆了三张床，且大小不一，此刻歪七斜八躺下了我们这群兄弟姊妹。或许是日间于田野一线天里疯玩得累了，虽手脚叠加、被褥散乱，我们却依旧睡得香甜。慧啊，你的脚在被子外头了。外婆的话语很轻，可熟睡的我却听得那么清楚。外婆的手好温热，不仅温暖了我受凉的小脚，而且在我的脊背上抚摸了好久。朦胧中，一丝丝的血脉亲情就从外婆如棒槌一样粗糙的指尖传导给了我的肌肤，一缕缕渗透至我的心灵深处。睡梦中，外婆的嘴角又在微微地扬起，于是，外婆的歌谣便随着四月里江汉平原轻柔的夜风如长江水一样温柔地进了我的梦乡。

外婆家的四层小楼在她的六个女儿和一个儿子的合力下，像一根壮实的冬笋，历经冰雪严寒，在油菜花儿黄、蚕豆花儿紫的时节里，从狭小的一线天里破土长了出来，终于可以和四邻八舍分享阳光雨露了。母亲说，当年新屋落成之时，外婆端端正正地将我外公的画像挂在了厅堂最显眼的地方，之后便是双泪长流长久不语。又或许是受到六个女儿和一个儿子的蛊惑，外婆竟然破天荒喝了一些酒，兴奋的脸庞像绽放的蚕豆花儿溢满了神采。原以为辛劳了一辈子的外婆从此可以好好过几天安稳的日子，可惜，好日子才刚开了个头，外婆就因积年的劳累终离我们而去。如今，九江长江大桥下，一坡黄土，外婆在里头，我在外头。四月的蚕豆花儿竞相开满了外婆坟地的四周，似紫云缭绕，似蝴蝶翩翩，似歌谣不绝。我不觉怦然心动，外婆，这是你的蚕豆花吗？蚕豆花很是知性，在江汉平原四月的春风里纷扬。我又看见了蚕豆花中的外婆，依旧漾着笑，还有那微微上扬的嘴角。我又听到了外婆那悠长的喊叫声：慧啊，来吃刚炸出来的面果啊——这声音真的很好听，让我泪中含笑。那首从外婆心田里飞出来的古老的歌谣，便又在蚕豆花丛里翩翩起舞了：

蚕呀蚕豆花哟，一呀一排排，像蝴蝶哟哟哟哟，飞田间呀像蝴蝶哟哟哟哟，飞呀飞田间，哟哟哟！风吹翅膀哟，一呀一闪闪，变成豆豆哟哟哟哟，睡田间呀变成豆豆哟哟哟哟，睡呀睡田间，哟哟哟……

人间有味

安宁

一

乡下人都喜欢种香椿树，但不会太多，就像家家户户都会养些猫猫狗狗一样。香椿树是庭院里珍稀的树种，有点像特供的饭菜，因为只此一碗，所以吃来便觉得格外香甜。但就是这样一棵香椿树，一旦年月长久，长得枝繁叶茂，它所能供给的一道好食材——香椿芽，却是有吃也吃不完的富余。只此一棵，便成就了乡下庭院里香椿树的高贵和孤独。

我家庭院门口却有两棵香椿树，这多出来的一棵，是前院王战家里遮住了整个屋顶的老香椿树的根基，悄无声息地穿越了院墙，延展到我们家的领土范围内后，生出的一棵新树苗。出了门的树，就无法定义是谁家的了，于是母亲便挖了来，植入了我们家院子里。这也全怪我们家的另外一棵香椿树，年龄太小，还不能完全承担起供应我们一家全年香椿芽的重任，于是母亲才“移情别恋”，挖来了“新人”。

这一棵香椿树，便小心翼翼地在压水机旁，靠着一棵臭椿树，又被一棵高大的梧桐树罩着，年复一年地长了起来。我独独喜欢这棵香椿树，大约它跟我在家中的位置很像，也是老二，于是出于惺惺相惜，我便格外地照顾这棵小树。尽管因为地理位置不好，它的生长速度始终没有超过之前的那一棵。每年春天采香椿芽的时候，母亲总是一边昂头用铁钩子勾着，一边抱怨：“老树精家的苗，质量就是不好，每年好水好肥地浇灌着，却只发这么点可怜的芽，不够塞我牙缝的。”我却极力偏袒着：“都怨你栽的地方不好，靠着臭椿树，熏得它不敢发芽，怕发多了太臭。而且它周围那么多树，营养全被吸走了！“

就是这样两棵不起眼的香椿树，一到春天，发的嫩芽足够我们全家吃上好一段日子。母亲将它们用钩子采下来，择洗干净，一部分现吃，做经典的香椿芽炒鸡蛋。炒鸡蛋的香椿芽带着露水的香气。我最喜欢将脸扎进一盆新鲜的香椿芽里去，陶醉在香气中。香椿芽的香是让人流口水的，但是并不像槐花香得那么张扬，隔着好远，就能闻到了。香椿那可以将人的心肺都清洗过滤的香气，非得人将鼻子贴在嫩芽上才能闻到。而且院子里有梧桐、枣树、杨树、桃树、山楂树，春风一过，香椿在角落里便自动收敛了香气，只幽幽地在夜色里飘着，黑夜里轻微地一漾，又迅速合拢。

香椿芽炒鸡蛋只能满足一时的口腹之欲，如果想要长久吃到香椿芽，当然还得腌制。腌制后的香椿芽，变成了黑绿色，看上去蔫蔫的，夹在煎饼里，朝门槛上一坐，一边喷香地吃着，一边看院子里叽叽喳喳跑来跑去的鸡，和墙头上飞来飞去的鸟；人被太阳照得暖洋洋的，有些慵懒，眯眼倚在门框上想，桃花源里也不过如此吧。有时候鸡们会一路小跑过来，毫不客气地捡拾地上的煎饼碎渣。蚂蚁们早就下手了，有那么几个，估计是大力士，拖着一块我牙缝里漏下来的香椿芽，努力地往树洞里去；无奈中间横插过来一只公鸡，轻而易举地就啄了那块“肥肉”

去，恨得一群蚂蚁牙痒痒的，只得原路返回，继续寻找新的食物。

中午吃面条的时候，母亲懒得做菜，就热水加醋和香油，泡一小碗剁碎了的腌制香椿芽，等到面条熟了，用凉水一浸，而后捞出来，将香椿芽和浸出香味的水，倒适量在面条里，筷子搅拌均匀。我蹲在阴凉树下，呼噜呼噜地吃完了，才抹一下嘴，腾出嘴来说一句："好吃！"只是吃得太快太撑，有些站不起来，干脆直接坐在地上，打着饱嗝，抬头看天空上一片云朵，慢慢飘过树梢，滑到没有边沿的苍茫里去。树叶缝隙里筛下点点的金光，晃人眼睛，也让吃饱了饭的我，困倦地想要变成一只瓢虫，趴在树根上沉沉睡去。

香椿芽摘完一遍之后，再发芽，便失了昔日的香气，好像一个女孩子忽然间老了，不复先前的水嫩芳华。于是香椿树就成了院子里一棵最普通的树，普通到好像任何树都可以欺负它，遮掩它。人们于是开始忘记了香椿树，转而注意起开着芬芳黄绿色花的枣树，或者吹着粉白色"妈妈斗"的梧桐树，落下可以炒菜吃的"毛毛虫"的杨树。

至于此后再无任何地方可以吸引人的香椿树，只能安静地待在角落里，做一棵无用的树。

在乡下，很少有人会将香椿树当成木材使用。人们只有在春天的时候，才会想起它们，并因为它们嫩芽的独特香味和能在集市上卖出好价钱，而始终让它们在庭院里颐养天年似的安稳地待着。香椿树大约也惦记着这点好，不像柳树那样在春天飘满轻浮的柳絮，也不像梧桐一样有遮天蔽日的壮硕。它们就这样不急不慢地长着，很多年过去，也才不过长粗了一小圈，好像遗忘了年月的世外仙人。

二

玉米快要熟的时候，真是盛宴一样。

玉米秸可以砍下来吃，它们一节一节的，据说像南方的甘蔗。当然，年少时村子里再有见识的人，也没见过甘蔗，只是听说跟玉米秸一样，去了皮，嚼一嚼芯里甜丝丝的水分，便可以吐掉。玉米呢，当然可以掰下来，放在锅里煮了吃。秋天的玉米是糯香的，啃起来像啃肉骨头一样，很带劲，很有嚼头，吃得满嘴都是，也漏得满地都是。馋的时候，须也顾不得摘干净，混着玉米粒一起吞进肚子里去。

青翠的玉米叶子，则有南方粽叶的用处。母亲会将长长的玉米叶子洗干净后，铺在箅子上，又将一个个揉得光滑圆润的馒头放在上面，盖上锅盖，便用力拉起风箱蒸起来。大约四十分钟后，打开锅盖，若于氤氲的热气中已经白得似雪的馒头，摁下去能马上恢复如初，馒头也就差不多蒸好了。

我喜欢看母亲将馒头一个一个地铲起来。只要将玉米叶子一掀，馒头们马上圆滚滚地骨碌下来。有的赖着不离开，那一定是有些煳了。我爱极了吃这些“煳疙疤”，脆脆的，酥酥的，热乎乎的，点心一样，简直是世界上最好吃的美味。所以“煳疙疤”都是我的专属品，姐姐可捞不着，因为我会一心一意地趴在灶台旁，借跟母亲聊天的机会，专门守着玉米叶子上的“煳疙疤”吃。母亲为此会多蒸一会，让焦煳的疙疤多一些。箅子上的玉米叶子失去了刚刚下锅时的青翠劲，变成枯黄的色泽，然而它们的香味却浸润在馒头里。那清淡的味道，再加上一块咸菜疙瘩，能让人忘了饱，一口气吃下三四个还觉得不够。

剥玉米的时候，村子里的男人女人都成了艺术家，能将废弃的玉米皮全部变成宝贝。我常常坐在父亲身边，一边拿一支笔在玉米皮上写写画画，一边看父亲灵巧的双手翻飞着，并魔术般地将玉米皮变成筐子、篮子，或者蒲团。那时的父亲，似乎去掉了所有对于日常生活的暴躁和怒气，成为一个难得的温柔的男人。

玉米粒晒干后，会被带到农家作坊里，加工成玉米面，存入瓮里，每天早晚煮来喝。这便是故乡人最喜欢的玉米粥，方言叫“糊豆”。玉米粥有各式各样的做法，有时候里面放芹菜叶子、苋菜叶子，而后再加一些盐，叫“咸糊豆”。咸玉米粥喝起来像蒙古族的奶茶，是地道的野菜和玉米的清香，喝几大碗也不觉得够。有时候玉米粥里也会放绿豆、红豆、黄豆、豆扁子，这些豆类当然是提前半天泡好了的。粥烧开后，还要用锅底的余火再熬上半个小时，这样豆子才会烂乎乎的，让人嚼在嘴里觉得滋味非凡。这简直是世上最好的粥饭。秋天收了地瓜，我们还会将新鲜的地瓜切成小块，放进玉米粥里；或者是金瓜块，也别有一番风味。冬天呢，也不会缺了“佐料”。收藏起来的地瓜干，洗干净了，随手丢进去几块，一整个秋天的甜，便都浓缩在了地瓜玉米粥里。

我常常想起玉米即将成熟的时候，我一个人在地头上一边编着毛毛草，一边等父母干完活回家。他们要么是在扶正被风吹歪了的玉米棵，要么是忙着去掉太过密集的玉米叶子，要么是将吸收了泥土营养的杂草除去。我总是等啊等，等到天都快要黑了，也不见他们的踪影。于是我便隔着稠密无边的玉米地，高喊着“娘！”“娘！”，可是母亲总也没有声音。我便随便走进一条沟垄，拨开遮碍着我的叶子，像一条鱼拨开水流一样，走向母亲可能会在的田地的另一边。那时候总觉得一亩地好大啊，大得我怎么也走不到头，或者，是因为有了密不透风的玉米叶的原因，田地才显得那么阔大无边，永无尽头。我常常就走得害怕起来，像童话里怎么也找不到家和父母的孤独的孩子。天愈发地黑下去了，我终于哭出声来。恰是这样的哭声，让忙碌的母亲终于意识到了我的存在，疲惫地应答着，又带着一些苛责，唤我回家。

我从来没有计较过父母对我的忽视，就像整个秋天，每一个乡下的小孩子，都隐匿在金灿灿的玉米地里，犹如一只蛰伏其中的虫子，除非有人忽然发现，否则它绝不肯爬出来，打扰一株风中努力向上抵达秋天的玉米。

三

霜降一过，地瓜田里便热闹起来。

先是我们小孩子。几乎每天在野外玩累了之后，我们都会去地里挖几个大地瓜，而后找个沙窝子躲起来，捡一些柴火，自制一个小型烤箱，将地瓜放在上面来回翻烤。下面负责掌控火候的小伙伴，跪在地上，屁股撅得高高的，努力地吹啊吹，有时候一阵风过来，被烟尘呛得流出眼泪，那一张大花脸更是滑稽好玩，好像戏台子上粉墨登场的小丑。好在那地瓜最终被烤熟了，大家轮番将地瓜放在手心里，颠来倒去地吹着热气；有心急的，连皮也来不及剥，就一口咬了下去，常常烫得舌尖上都起了泡。不过地瓜绵长的香味让这点皮外伤看上去微不足道。即便因为着急回家，忘了去水渠里洗一把脸，导致被母亲拿着笤帚疙瘩追着打骂，也觉得无关紧要。反正，地瓜的甜美滋味，足够慰藉一个漫长孤独的夜晚。而地瓜秧常常会被拉到麦场，孩子们会从里面挑拣出一些结实又够长的做跳绳，于是秋末冬初的校园里，处处都是在地瓜秧下蹦跳的身影。

赶在麦子播种之前，村里的老太太们会扛起铁锹，带上自家孙子孙女，翻遍村里每一块地瓜田，寻找被人漏下的地瓜。那些在霜后的泥土里多待了一段时间的地瓜们，总是格外甜。老太太们一双三寸金莲，却跑得飞快，唯恐地瓜田被别人提前翻了个遍，自家什么也寻不到。小孩子们则欢天喜地地在秋天的风里奔跑，每每捡拾到一个瘦小的地瓜，就欢呼雀跃，好像那是童话里的宝贝。不远处是男人吆喝牲口耕地的声音："嘚驾！"一只肥硕的兔子"嗖"的一声穿过田野，消失在苹果园的深处。小脚的老太太们直起弯着的腰，朝着已经跑去玩耍的孙子孙女骂一句"兔崽子"，便将刨出的地瓜揣进衣兜里，继续寻宝行动。

等到地瓜田被人翻了几次之后，大地上就干净空旷了许多。似乎冬天一到，所有的植物都钻进了泥土，人也隐匿起来，全躲在家里，守着旺旺的炉火烤地瓜吃。地瓜一定是放在炭炉子下面的，炉灰一层一层慢慢地落下来，房间里便飘满了地瓜的香味。有时候我和姐姐还会在炉子的上面架两根铁条，烤粉皮吃。粉皮是地瓜面做的，烤熟后咬起来“咯吱”“咯吱”响，好像有两只闲得无聊的老鼠，在存满食物的自家仓库里，随便嚼点什么，打发漫长无边又幸福安逸的夜晚。

可惜跟姐姐一起争抢着吃烤地瓜或者烤粉皮的时光，并不太长。很快姐姐就出嫁了，娘家的宴请饭，是在家里请的。父亲亲自掌勺，一桌子都是跟我和姐姐平辈的人，其中小孩子居多。但父母并不敢怠慢这些被大人们委派来参加婚宴的小孩子们。父亲炒了一桌子的菜，最后一个上的，是颇费精力的拔丝地瓜。为了省钱，父亲没有请厨师，也没有请教过村里的红白喜事的厨师们如何做拔丝地瓜。父亲只是闷头自己琢磨，一会放油，一会放糖，一会又在热油锅里“哗啦”一声倒入地瓜块。满屋子的油烟味、父亲满头的大汗，也没有换来一盘成功拔丝的拔丝地瓜。小孩子们只好奇地夹起一块好像在糖水里蘸过的地瓜块，尝了一口，便丢掉了。父亲堆着笑，劝他们“趁热快吃”，可还是没有一个人再碰一碰那盘冷掉的拔丝地瓜。

那些看似不谙世事的小孩子们，还是将这盘寒碜的拔丝地瓜，夸张着讲给了大人听，这事经过女人们的嘴添油加醋后，传遍了整个村子。人们都说，老王家嫁闺女真节省，连个厨子也舍不得请，老王自己做了盘拔丝地瓜，可惜一个丝也没拔出来，也不知道老王事后是更可怜闺女，还是更可怜那一盘子被浪费掉的地瓜。

父亲究竟有没有觉得愧对过姐姐，他从未说过，我也从不曾问过。好像，一切故事都像地瓜一样，被封进了冬天的地窖。

四

在乡下，好像每一个村口都种着一棵槐树。那槐树也一定老态龙钟，历经了很多年月，见证过一个又一个村里人的到来与离去。于是那见多了颠沛流离却长生不老的槐树，便成了村庄的守护者，站在村口迎生送死，不弃不离。

村里人都说不清那棵古老槐树的过往，只是习惯了它提供的阴凉和香气，习惯了小孩子在它的身上爬来爬去，招惹蜜蜂或者藏匿玩具。

群鸟飞来，洒落一地白色的粪便。风是轻的，雨是细的，好像世间的喧哗，都被这一棵古槐挡在了村外。村里人并不去思考古槐与外面世界的关系，他们只是日复一日地活着，像一株草或者一棵庄稼，站在风里，不思慕遥远的不可触及的生活。所以，他们也从未真正关心过这一棵古槐。况且，村子里那么多槐树，野生的，家养的，一棵一棵都没有年龄，说不出来处。至于这最古老的一棵，谁又会想起呢？也只有从远方归来的人，看到它一如既往地站在村口，才会忽然间心生柔软，好像有一只手在那里轻轻拨动了一下，过去所有的时光，都像溪水一样漫溢过来。

很多不知年月的槐树，大约太老了，树干常常就空了，黑黢黢的一个洞，里面生了虫子，或者被鸟筑了巢，甚至成了哪个小孩子的藏宝“山洞”。村里的老人们说，长寿的槐树可以活上千年。许多槐树，就连村里最年长的老人，也不知道是哪一年植下的。有喜欢讲鬼故事的老太太，故事一开头，就是“从前，在一棵大槐树下，住着一户人家”。胆小的孩子，将视线游移着，慢慢投向月亮底下某棵“披头散发”的槐树。槐树上如果恰好有一只鸟，受了惊吓，扑棱棱地划破夜空，配合着老太太干枯沙哑的嗓音，能令听故事的孩子几天都夜不能寐，睁眼看着头顶的大梁，脑子里幻化出一个子虚乌有的槐树精。

《本草纲目》里记载，槐树全身都是宝。但在乡下，除了春天里吃的槐花，大家就只对槐树的嫩枝感兴趣了。槐枝似乎只有在冬天才会派上用场。寒冬腊月里，母亲去灶间将春天晒干的槐枝取出一把来，洗洗放到铁锅里，再倒入一些水，加入红糖、豆腐和剥好壳的熟鸡蛋，放炉子上小火慢慢熬，一直熬到豆腐浸入了红糖和槐枝的味道，鸡蛋也松软可口，满屋子都缭绕着让人心满意足的家常味道。窗玻璃上氤氲着热气，我用手指在上面画画，先画一个狐媚的笑脸，再画一棵奇形怪状的古槐，还有纷纷扬扬飘洒下来的雪花。等我喝完一碗热烫的槐枝豆腐汤，再抬头看那画，那画早已诡异地消失了。

我用脏得黑亮的棉袄袖子擦擦玻璃，看窗外黑漆漆的夜空。

看着看着，我便惊叫起来："娘！娘！"

母亲正一边翻着炉火，一边吃着红糖鸡蛋。听见我的叫声，她头也不回地问我："大晚上的，喊什么呢？"

"娘，快看，下雪啦！"我继续叫。

母亲怔了一下，放下碗筷，打开房门。果然，清冷的院子里，已经覆了薄薄的一层雪。无边的夜空上，正有纷纷扬扬的雪花，以不可阻挡的气势，一刻不停地下落，下落……

"今冬的麦子有福了。"母亲自言自语地说。

我在从门口灌进来的冷风里打了一个喷嚏。一定是今晚我们熬的槐枝红糖水和我在玻璃上画下的古槐，带来了这一场吉祥的雪。

风从瓦间过

顾晓蕊

一

初夏的一个傍晚，我坐在廊屋的门槛上，看微雨轻轻地飘落，如丝如线，似烟似雾。雨滴沿屋顶的瓦沟落下，在檐下的水坑中，激起片片水花，又一圈圈地漾开。

母亲去田间干活还没回来，将我独自留在家里。望着四溅的水花，我嘴里喃喃地数，一朵，两朵……十朵。念到十重又归一，年仅5岁的我，只能数到十，如是往复地念。

院里的梧桐树开花了，树丫延伸到瓦檐上，有风吹过，满院淌溢着淡淡的、甜甜的香味。落在屋檐上的桐花，被雨一冲，吧嗒吧嗒掉下。那声音空寂而冷清，一声一声，敲在我心上。

哈哈哈，踩雨了，踩雨了。一阵脆笑从门缝挤进来，不用看，便知是金枝、银枝姐妹俩，正在外面泥路上踩水玩。

我能想象到，金枝的头上戴着漂亮的红发夹，银枝神气地背着军绿色挎包，她们光脚踩进雨水坑，泥点落得满腿都是。一想到这里，我的心被一种羞辱感包围。

那个红发夹、绿挎包，是我生日那天，远在海岛的父亲寄来的礼物，初见时我的眼睛一亮。我头别发夹、肩背挎包，蹦跳着去门前小路上玩，只一小晌，发夹和挎包便被同村的孩子夺去。

抢东西的正是金枝和银枝，两人长得又黑又胖，像极了她们壮如铁塔般的爹。她们住在邻院，一溜新崭崭的青瓦房，许是那瓦楞上吹过的风要强劲些，连她们说出的话也是冷硬的。

我哭着回家告诉母亲，她凄然摇摇头，深叹口气，一把将我揽进怀里。

我变得愈加孤僻，经常倚坐在门边，将目光长久地投向瓦檐，看清风淌过，看细雨滴落，看日影一天天地翻过。

那天直等到黄昏，雨停了，母亲才扛锄归来，衣服淋得透湿。

我起身跑上前去，却见母亲的身后，跟着位身穿军装的男人，手里提着个大帆布包。他见到我欣喜地说，两年没见，长这么高了。

母亲俯下身，轻声说，快喊——不知怎的就哽咽了。我躲到母亲身后，怯怯地探出头，弱弱地喊了一声：叔——叔——好——

男人骤然怔住，但很快回过神，拉开包，掏出一串月白色贝壳，递给我说，小蕊，我是爸爸啊！这个风铃送给你，是用捡来的贝壳做的。

那夜我躺在小床上，枕边放一串贝壳，仿若聆听到潮水的声音。房间的另一端，昏黄扑闪的煤油灯下，母亲和父亲在低声地说话。

母亲平时舍不得点灯，说太费油，在乡村，月亮就是灯盏。我侧起耳朵，想知道他们说什么，可倦意袭来，昏昏沉沉进入了梦乡。

第二天醒来，发现贝壳风铃不见了，原来，父亲将它挂在了檐角。

一阵清风徐来，风铃叮当作响。它还会唱歌？我好奇地问。父亲笑着回道，风的心事，只有瓦知道，不信你听，它告诉了风铃。

父亲在家只待了一周，就离开了。母亲则去地里忙活，我依旧坐在屋前，眯眼望着风铃，饶有兴味地聆听。那声音清脆、悠长，余音袅袅，却又让人莫名地忧伤。

二

又一年深秋，母亲带着我随军去了部队，来到四面环海的海岛上。

窗子半开，我倚在窗前，眺望着不远处的大海，轻嗅着咸湿的海风，心底的喜悦如潮水般涌来。少顷，院里传来孩子的欢跑嬉笑声，小蕊，来嘛，跳房子喽！他们热情地唤着。我飞快地跑出屋，跟他们凑在一起，阳光一漾一漾，明亮、跳跃，映着我们的影子。

那是 20 世纪 80 年代初，在海岛上，我们住的是四合小院，石头垒成的房子，墙壁上长满爬山虎，像童话中的绿色小屋。黛青色的屋顶，户户相挨，瓦瓦相连，结满了青苔。

生活在同一片瓦檐下，邻里间有天然的亲近感，就连瓦垄间袅袅升起的炊烟，也相互追逐、聚拢，或干脆纠缠在一起，散发着温暖朴素的气息。

到海岛后不久，我在当地小学就读，然而，回到家仍难得见到父亲。身为海军军官的父亲，常随舰艇出海，他总是在忙，有时一走就是几个月。

我们之间好似隔着山水重重，有说不出的疏离感，甚至在起初的几年里，我从不曾唤过他一声“爸爸”。

那年深冬，父亲又出海执行任务。海岛的冬天格外冷，雪下得有一尺多厚，到了晚上，屋内炉火通红，火上放把水壶，热水顶着壶盖噗噗地响，满屋充溢着腾腾的热气。

晕黄的灯光下，母亲低头忙着绣花。她在绣花厂做工，为了赶活，常把绣品带回家做。海岛上靠柴油机发电，到了冬天电压不足，灯光幽暗朦胧，她绣一会儿花，抬手揉揉眼睛。

我坐在炉火旁，歪着脑袋看连环画，《红楼梦》《神笔马良》《三毛流浪记》等。在那个年月，寒冷的冬夜，偎在炉火边，捧读一本本小人书，是多么快慰的事。

看书累了，我抬头望向窗外，一抹淡淡的月影，映着檐下的冰柱，晶莹，通透，泛着白光。母亲也不时地抬头，微拧着眉，朝门外张望。

立春后的一个傍晚，青瓦上的积雪消融，顺檐而下，滴水成帘。我正翻书，忽听见有人推门进屋，是一张黑里透红、有些粗糙的面孔，我揉眼再看，居然是父亲。

他变黑了，也消瘦了许多。母亲起身迎上前去，你可算回来了，我真担心……话说一半，又止住了嘴。她眼角一红，扭身去厨间做饭去了。

父亲踱步到我面前，仿若变魔术般从一个军绿色布包里掏出几瓶桃罐头、鱼罐头，笑着说，在舰艇上发的罐头没吃完，拿回来给你。

那时候真是馋呀，我双眼泛起光亮。橙黄的桃罐头，甜透心脾；咸咸的鱼罐头，别有风味。我吃得满口生香，觉得罐头是这世间最好吃的美食。

罐头的香甜美味，一度让我迷恋。甚而，那些年间，我暗暗期盼着父亲出海，归来时能给我捎罐头。

恍然间五年过去了。清爽绵软、回味幽香的罐头，伴随我迅猛成长，身体一如苞蕾慢慢膨胀，令我暗自欣喜又有点不知所措。

一天晚上，再次吃着父亲带回的罐头，我不解地问，这么好吃的东西，你在船上怎么不多吃点呢？

父亲轻吁一口气，回道，船在海上航行时，遇见大风浪是常事，人被颠得七晕八昏，吐得翻江倒海的，哪还能吃得下去。

听了他的话，我又追问，晕船这么难受，那你怎么还要出海？

父亲说，你爷爷那个时候，兵荒马乱，穷得房无片瓦、衣不遮身，日子过得比黄连还苦。现在生活好太多，我是一名军人，保家卫国是天职，这点苦不算什么！

诧异、难过、懊丧，诸般心情齐涌上我的心头，我从来没有仔细思量过，无数个孤独寂寥的日子，父亲随船漂行在大海上，把对家的思念深藏在心底，还要承受身体的种种不适，他是如何支撑过来的。而这一切的背后，为的是让每一片安稳的屋檐下，都亮着一盏暖灯。

我望向父亲，他的双眸明净、澈亮，仿若一缕轻柔的月光透过窗子，落在眼睛深处。我鼻子一酸，猛然扑进他的怀里，终于喊出了舌尖上转了千百回的那一声：爸爸！

父亲一愣，清瘦的黑红脸膛上，随即漾起微笑。在那一刻，我仿佛感觉到整间屋子里，充溢着温馨的柔光。

三

1988 年初春，父亲转业，我们全家搬回内地，来到一座中原小城。原本可以有更好的选择，但他却铁了心似的，异常坚定、毫不迟疑地进入一家国有电建企业工作。

用父亲的话来说，他十九岁参军，在部队的二十年间，守卫在祖国的海防线上，这后面的二十年，要坚守在电力建设一线，为千家万户送去光明，送上温暖。他还说，每一盏灯，都是家的眼睛，灯亮了，心里也就亮堂了。

为此，当年我高考时，在父亲的影响下，报考了一所电力中专学校。毕业后，我被分配到一家电厂上班，成了一名电力检修工。

父亲作为电建项目部负责人，随后十几年间，带领着施工团队，从一个工地到另一个工地，跋涉重重山水，踏过茫茫戈壁，也到过雪域高原，足迹跨越了大半个中国。

因为工作的缘故，父亲大部分时间常驻工地，我们依然是聚少离多。他每年会回来两三趟，到家后，总要转到厨房，悦声对母亲说，你歇着吧，让我来！

父亲娴熟地手拎锅铲，经过一番煎煮烹炸，红烧茄子、干煸豆角、麻辣豆腐、清蒸鱼、紫菜鸡蛋汤……没多久，一盘盘美味端上餐桌。一家人围聚在一起吃饭，饭桌上父亲聊得最多的仍是工地。

他说起日常的生活极为简单，在工地、食堂和宿舍之间转悠。

电建施工是野外作业，夏日蚊虫扰人，野地里的蚊子毒，咬的包奇大，挠破后溃烂、结痂，不过忍忍也就过去了，最怕的是，遇上寒风苦雨的天气，会影响施工进度。

你周末休息时，会进城去逛逛吗？我插话道。

父亲笑道，工地上很忙，周末一般不休息。每当项目结束，机组投产发电后，才算松口气。到那时，他会去城里好好转转。

他喜欢去古镇上，看看热闹的老街，穿行在曲曲绕绕的巷子里。贵州的青岩、安徽的棠樾、四川的黄龙溪、湖南的芙蓉镇……都留下过他的足迹。

走在小镇的街巷里，放眼望去，那些古朴的滴水瓦当，似在诉说着千年的往事。飞翘的屋檐下，挂着一排排红灯笼，灯火斑斓，犹如群星闪烁，恍若天上的银河降落到了人间。

游客们在灯火热闹处，吃啊喝啊，唱啊闹啊，这闲逸的市井生活和温暖的烟火气息，让父亲心里升起一种自豪感。正因为通了电，有了灯光，古镇的眼眸亮了起来，一座城市，因此而变得生动而迷人。

父亲还说起在内蒙古的和林发电厂和新疆的石河子天业电厂建设期间，因适应不了当地干旱、多风、寒冷的气候，很多同事都病倒过，但没有一个人选择离开。

有个名叫巴图的牧民，到驻地附近放羊，常跑来询问父亲电厂何时建好、何时发电。那期盼和信任的目光，让父亲感到肩上担子沉沉的。

等工程竣工，户户通电后，巴图和其他牧民一起搬了新家，在县郊的安置点定居下来。他还邀请父亲和同事去家中做客，双手端出喷香的奶茶。

那一排排红瓦白墙的新瓦房，使牧民结束了游牧生活，安居下来，有了一个稳定的家，还配上了现代化的家用电器，过上幸福的新生活。

讲到高兴处，父亲眉眼飞笑。亮灿灿的灯盏映着他的脸庞，一种特有的温热在屋内贯穿流淌，亦在我的心底徜徉。

四

清寂的春夜，闲来翻书，读到丰子恺先生的一句话：我的生活全部沉浸在“时间”的急流中，跟了它流下去，没有抬起头来望望这急流的前后的光景的能力。

寥寥几笔，却一语惊心。我合上书，缓步至窗前，凝望着闪烁的灯海，心中有了深深的怅惘。

对于人生，对于理想，我也曾有过太多的幻想。可进入电厂后，每天繁复、单调的检修工作，渐渐消磨掉我的耐心。我被时间的急流裹挟着，感到苦闷极了，失望极了。

就是在那个时候，我热爱上读书，试图用写作对抗焦虑，排解生活的压力，安顿浮躁的心灵。那之后，我的一篇篇文章陆续见报。

有一天，父亲从报纸上读到我的作品，将我唤到跟前，说，你写的散文我看过了，空灵宁静，但不够接地气。以后，你多写写咱们电力工人，在他们身上，有很多感人的故事。

父亲缓缓讲道，集团公司评选“最美一线工人”，他的两名同事当选，在故事巡讲中，台下听众纷纷落泪。

李素丽是锅炉专工，别看她是位年轻妈妈，已干过三个工程项目，可她却说，我不想做妈妈。

刚休完产假的李素丽，接到通知，要她马上奔赴贵州工地。家中父母年迈，体弱多病，她考虑再三，将儿子童童带去了工地。

到了那里，她立刻投入工作中，一旦忙碌起来，儿子托付给下夜班的同事或职工家属轮流看管。为了不影响工作，她一狠心，给儿子提前断奶，换成奶粉喂养。

有一回，童童闹肚子、发烧，她给儿子喂过药，待把他哄睡着，匆匆赶去工地。锅炉如同电厂的心脏，施工的每个细节，她都严格把控，不敢有丝毫放松大意。

后来，广东汕头、河北曹妃甸的施工项目部成立，她仍将儿子带在身边，跟着项目走。暑去寒来，一年年过去，儿子已经五岁多了。同事们开玩笑地说，童童真不简单，是咱项目部年纪最小的电建人。

李素丽听了，百感交集，心里有说不出的酸楚。好在儿子要上小学了，到时，就可以不用再跟着她在各个工地上辗转了。

那天下班返回驻地，儿子撒娇地抱着她，稚声问，妈妈，我上学以后，你能常回来看我吗？对于儿子的提问，她甚至给不出一个答案，心中满是内疚、惭愧，一时热泪滚落。儿子又懂事地说，妈妈，我知道你忙，你要是回不来，可以经常给我打电话，我不会怪你的。

李素丽听了愈加酸楚，一句话也说不出来，将儿子拉进怀里，紧紧地拥抱在一起。

父亲讲到的另一位“最美工人”，是质量检验员吴光明，这是一个辛酸又温暖的故事——春蚕到死丝方尽。

吴光明曾经是一名电建工程师，算得上是技术专家。可就在几年前，他感到困乏无力、脚踝浮肿，到医院一查，被确诊患尿毒症。

住院透析，在医院病床上躺了两个多月，他背着家人悄悄办理了出院，坐车去了工地上。

工地主任冲他发了火，说你这病，咋还能上班呢？赶紧回家休息吧！他却固执地说，躺着又能怎样，难不成等死吗？我这几十年都待在工地，离开工地，我什么都不是，你也别赶我走了！

工地主任两眼含泪，握住他的手说，老吴啊，我哪是赶你，是担心你……思忖片刻，主任又说，这样吧，我向领导反映下，给你换个稍轻松的工作，当个质量检验员。这工作看似轻松，肩头责任可重着呢。

吴光明如愿留在工地，每天到现场一次次地巡检抽查，严把工程质量。只是每周还得去驻地附近的医院做两次透析。

这位同事眼中的“铁汉子”，有天突然收到一封表扬信。

事情的经过是这样的：一次返家途中，吴光明在车站遇到位农民工，他钱被偷了，无法回家，正蹲在地上伤心地哭。吴光明了解情况后，从身上掏出三百元钱，递给那名农民工。农民工感激地接过钱，特意看了看吴光明手中的车票，又看看那身湛蓝的工作服，返回家后，写了封感谢信寄到单位。

知道了经过后，项目部的同事都被深深感动了，他们知道吴光明看病花销大，手头并不宽裕。有人倡议说，好心总有好报，咱们也帮帮吴工！同事们自愿捐款，为吴光明捐助两万元。当大家把钱递到他手里时，这个铮铮硬汉竟湿了眼睛。

患病六年间，吴光明一直留在工地上，他说只要多活一天，就坚守一天岗位。看着一座座电厂拔地而起，他心里甭提多高兴了。

父亲说，这样的电力员工，这样的企业故事，还有很多很多。正因为有了这群无私坦荡、甘于奉献的电力人，咱们的城市才能灯火闪耀，似诗如画。

随后多年我坚持写作，牢记父亲的话，将目光投向身边的平凡人，记录他们的悲喜故事，展现小人物身上的微芒，还出版了两本散文集。

光阴流转，渐渐地，我也热爱上这份工作，在忙碌之余，享受着那份纯真的快乐。

在一个个静谧的夜晚，灯光下，我卸掉一身的疲惫，坐在桌前读书写作。彼时，我心中泛起无边的喜悦，一如花儿般悄然绽放。

五

那日晨起，见父亲坐在沙发上看手机，边说边用两手比画。走近一看，是跟四叔视频聊天。听，你四叔在读诗。父亲说。

我一脸狐疑，凑近细看，四叔端坐电脑前，朗声读道：风从瓦上走过，轻盈的脚步，像猫的爪子，踩碎一地月光，无声无息……读罢，他又补充道，这是一个叫余湘群的诗人写的。

又聊了一会儿，父亲搁下电话。我笑着问，这一大早的，四叔怎么想起读诗了呢？

父亲道：你堂弟上大学后，参加了校园诗社，写的诗发到网上，你四叔一句也看不懂。这不，怕落伍了，他赶紧上网多读读诗。遇上不懂的句子，还让我给讲讲。

自从父亲退休后，他与四叔联系较多，每周总要通几回电话。

父亲在家里排行老大，下面有三个弟弟。二叔和三叔陆续搬去城里居住，只有四叔守在乡村。四叔说，乡下的空气好，何况娘在哪，哪里就是家。

唉！自古忠孝难两全，想想这些年，心里愧得慌。父亲不止一遍地念叨。

那年，爷爷成夜咳嗽，被查出患上肺癌，四叔打电话告诉父亲。正赶上机组试运行期间，父亲在电话中说，你们照顾好爹，一周后，这边忙完我准回去。待机组移交投产后，父亲连夜乘车赶回家，却没能见上爷爷最后一面。他没料到，爷爷走得那么急。这成了他心中永远的痛。

退休后的父亲，多次回乡下，想把奶奶接到城里住。奶奶说，城里的楼高到云彩里，看着眼晕，不如住乡下心里踏实。父亲知道，奶奶是舍不得离开老院。他悄悄对四叔说，娘跟着你住，生活费我来掏。父亲还经常打电话，向四叔询问奶奶的身体情况，聊聊家乡的新变化。

村里通电通水了，做饭用上燃气灶，还装了热水器……你四叔家盖起二层楼，新买台电脑，能上网了……公路修到家门口，安上路灯了，村民组建了秧歌队……父亲感叹道，自打村里通电后，日子越过越好，要我看呀，一点不比城里差。

忽想起件事，我笑着对父亲说，爸，您和祖国同龄，今年过七十岁生日，咱好好庆祝一下。到时我订个饭店，把奶奶和四叔他们都请来，行吗？父亲说，刚才电话里，你四叔跟我讲了，准备在老家给我过生日。现在生活好了，想吃啥都有，可我心里就念着你奶奶做的长寿面，那才叫个香！

一个熏风微吹的春日，我和女儿陪着父母回老家。下了汽车，我们沿着乡间小路，朝村里走去。阵阵香气袭来，恣意，浓烈。乡野田间，随处可见一树一树的花开。

远远地，见村中盖起一幢幢两层小楼，红砖墙，青瓦顶。村里变化可真大呀！父亲赞喜着，感叹着，不觉中已到了四叔家。

进到院里，见四叔四婶正忙着洗菜、炒菜，看见我们，热情地说，快坐下歇会儿，饭菜马上就好。

院里摆着两张方桌，没过多久，饭菜上了桌。院里有一树桃花，一树杏花，春风吹来，片片红白花瓣飘下，落在桌上，落进汤中。

哦，吃花瓣饭喽！女儿兴奋地大叫。别光顾着吃，咱们先照张全家福。我提议说。

咱这一大家子，可是四世同堂，都快过来，照大合影了。父亲笑呵呵地回应。

我手持相机，正拍照时，只听“叭”的一声脆响，从房上掉下一串晾晒的鲜红辣椒。

瓦檐上有风？女儿仰头问。准又是那猫干的。四叔笑道。

说话间，一只猫从屋顶蹿到树上，又轻灵地跳下。嗬，快看，会飞的猫！女儿惊叹。逗得大伙一阵哄笑。

那轻松欢乐的笑声，在小院里盘旋，久久回荡，直惊得树上的花瓣，抖落了一地。

四时物语

许冬林

不舍

在清寒深冬里想象春之盛景，比站在春日花枝下仰看朵朵花开，要更令人心安。这是中年人的不舍。

在深冬，你笃信春天定然会来到。寒到最绝处，春反而近了。有一个燃烧的春天在等你，想想总觉得甜蜜安稳。可是，你站在花枝下，看那些花朵拦也拦不住地要开，你知道花开了就会败，开一朵就会少一朵，你叹息也无用。

是不舍。

不舍春光度尽。不舍春尽秋来，又是一年。

衣橱里挂了好几件新衣，吊牌还未剪，不到穿时我总不剪。而身上穿的，常常是三四年前买的衣，甚至更早，穿了七八年的也有。我就有这样的怪癖，喜欢买衣，却不舍穿新衣，喜欢让新衣一直囤在衣橱里。

为了参加某个活动或去某个生人多的场合，想着予人好印象，才不得不剪了吊牌，让新衣上身。穿新衣的那刻，心里有欢喜，更有不舍，仿佛人间又少了一个待字闺中的女儿。

不舍，是恋旧吗？

以前以为自己只是恋旧，后来知道，不只是恋旧，还有一层，是明白了有限。

花开是有限的，飞雪是有限的，雨水是有限的，灯光是有限的，恋人的爱意是有限的，亲人的陪伴是有限的，韶华是有限的，生命是有限的，才华是有限的，幸运是有限的……

好物都是可数的。

星辰永恒吗？也有限。仰观天宇，看流星划过，距离我们无数光年之处，有星球走失，破碎，化作气体和尘埃，永远消失……人们在喜马拉雅山上发现大量海洋生物的化石，有三叶虫、海藻、鱼龙之类的——海会枯。海是哪一天枯的，我们不知道。我们知道时，海洋已成山脉。在漫长的地球光阴里，我们的生命短过从蒲草扇边稍纵即逝的萤火。

知道有限，便不敢浪掷、不敢挥霍、不敢漠然视之，便知道去惜，便常常会疼，便处处不舍。

看路边花开会不舍，走过落叶飘飞的林间会不舍，在古镇看苍苔失水从砖墙上剥落会不舍，在菜市场看人杀鱼剥虾会不舍。曾经年轻潇洒，穿着乳白风衣、火箭头皮鞋的舅舅，有一天两鬓飞霜，一身工作服从小货车上下来。我笑着迎向他，可是心底掠过声声叹息：那个意气风发的年轻的舅舅呢？回娘家时，会遇到昔时同村的一群伯母，她们还亲热地叫我乳名，可是她们却彻底被时光揉皱了呀！想当年，我离家出门读书，在村口遇见她们，她们正值我此刻的年龄。而此刻，她们头发不再青黑浓密，腰身不再挺直，面容不再明净……她们仿佛被岁月劫掠了一场。劫走的，已然要不回来。

许多个黄昏，我流连窗台，看夕阳在马路对面的楼墙上一点点收走光影，看楼下一棵老桐树在暮色里一点点加深它的阴郁——属于我们的今夕，很快要成为昨日。

去某个地方旅游，临走，常会黯然不舍。人在高铁上，看窗外的河流、街道、田野、城郭一点点从眼底抽走，心里陡然有种被掏空的疼与恍惚，仿佛一棵树刚刚旁逸生出几根新嫩的丫枝，就被突然剪去。中国这么大，好景那样多，而我刚刚爱上的这个小地方，没有特殊情况想必自己是不会再来的。一生一会，大抵这样。

许多美，许多物，许多人事，原是一天一会，一年一会，一生一会，一千一万一亿年一会。

还有这“一会”呀！

旧时麻

穿衣是大事。

在古代，麻衣是我们平民百姓的标配。不像现在，穿麻似乎是种小情调。

读李白的诗“长安一片月，万户捣衣声”，抛开征夫和秋思这些话题，那情境还是很有古风之美的。朗月在天，月光皎洁，城里城外都沐浴在月色下，可是这夜是醒着的，因为有一阵一阵的捣衣声。千门万户的捣衣声悠悠传出，在漆黑的夜色里，平平仄仄，像化作有声的诗……

其实，不仅蚕丝类的衣服要捣，就是麻质的平民服装，也会因为棒槌的反复敲打而变得柔软和洁白。所以，我一直怀疑这万户捣衣声里，有一些声音是在捶麻。毕竟长安城里还是有那么一些人是穿麻衣的，而不是人皆绮罗。

我喜欢读古诗文里关于桑和麻的文字。孟浩然的《过故人庄》里有四句极美："绿树村边合，青山郭外斜。开轩面场圃，把酒话桑麻。"前两句景美，要是在电影里，镜头会是由近往远拉，缓缓扫过林木、村舍、青山、城郭，河流和采茶采桑的少女……江山如画。后两句事美，人物出场，按照先后顺序：到朋友家了，寒暄过后，客人站到蒙了窗纸的窗格子边，伸手轻轻一推，风儿携着草木的清香拂面而来，开阔的打谷场对面，是绿篱围绕的菜园。身后，人影幢幢的，菜皆已端上，举杯喝酒的间隙，不说人世沉浮，说门前的桑，说门后的麻，话题接地气。桑田碧绿，硕大的桑叶在山野的暮霭里，叶片如莲在水。

重阳未至，秋色还远，一簇簇的麻亭亭生长在风日里。

乡下人家，采桑养蚕，煮茧取丝，织绮、绫、锦、绢、縠……然后在集市上卖给富贵人家，换来油盐酱醋，度寻常光阴。那些麻，割回家，剥皮，取纤维，织成粗布，安顿了一家老小的冷暖。

外婆家在江堤外的沙洲上，洲上种棉种麻。暑假一到，我穿着白上衣蓝裙子，背上暑假作业就去外婆家。下了江堤，一路迢迢，往沙洲深处去。洲上沙土松软，种植着成片成片的黄麻。没有风，黄麻的清气在烈日下蒸腾弥散。我穿过两片黄麻地之间的沙路，听着黄麻深处的唧唧虫声，感觉自己像是穿过一片古老而静寂的热带雨林。莽莽苍苍的黄麻呀——一路上几乎没有人影，心里又恐惧又好奇。

那时，黄麻正在腾腾生长，长得比玉米要高，比竹子要矮。一根叶柄上会伸出四五片披针形的叶子，组合起来，像五指伸开的手掌。长路无聊时，我常常会掐一把黄麻叶子在手，拿它和手掌比大小。

初秋砍黄麻。舅舅和姨娘们把成捆的黄麻运回家，靠在屋檐下晒。草本植物特有的清气氤氲在初秋的暖阳里，在沙洲上到处弥散，我被熏染得也要成为一株草本植物了。剥黄麻的皮纤维，通常都选在农闲的雨天和冬天。晒过的黄麻呈金黄色，剥出来的皮纤维一面是金黄乃至赭红，另一面是浅黄色或者乳白色。剥出来的皮纤维扎成一把一把的，论斤卖。我那时最喜欢躺在堆放的黄麻皮纤维上，成堆的黄麻皮纤维柔软而蓬松，已经初有了织物的触感，又有来自土地的清香。有的黄麻粗过拇指，剥出来的皮纤维自然要宽些，我展开摩挲，光洁如纸，真想在上面写字。

那时的乡下，家里的日用开支主要来自卖麻。剥出来的黄麻纤维，一束束一捆捆扎好，像毛线绳一样令人喜爱。冬春之际，麻贩子开着突突冒黑烟的三轮车，自木槿篱笆之间的沙路上颠簸而来，然后下车，用一人长的大杆秤一家一家称走黄麻，江村至此悄然静谧。卖完麻，在添置日用这样小幅度的“挥霍”中，新一茬的黄麻播种又悄悄来临。

舍南舍北皆春水

春雨潺潺时，总会想起从前，想起少年时居住的老瓦屋和房前房后的澹澹春水。

“舍南舍北皆春水，但见群鸥日日来。花径不曾缘客扫，蓬门今始为君开。”杜甫诗句，难得一回小清新，说的似乎就是我从前的家。

房前的那个大池塘，名叫许家塘。许家塘那边，是一片平阔田野。金黄的油菜花田和紫红的紫云英田错杂相间，辉煌壮阔。田野中间有水渠直通到许家塘，夜雨下起来，水渠里的水哗哗淌进许家塘里。一整个春夜，耳朵里都是扯不断的水声。那样的水声里，似乎能闻到油菜花和紫云英花的味道、青草和野蒿的清气、泥土的潮气、蚯蚓翻身拱动爬出泥穴的腥味……

翌日晨起，推窗，许家塘的水面上漂满了油菜花的花瓣，还有零落的桃花、杏花。雨停了，水渠的淌水声渐渐小起来，只剩一口肥胖的大池塘，倒映着树影、花影、草垛的影子、天空的影子，还有塘埂上走动的人影和奔跑在后的小狗的影子。

早晨上学，穿着胶靴，走过蜿蜒田埂，一路都是大大小小的水流伴随左右。池塘、河沟、水渠、田畦之间的逼仄小沟，到处都在淌水。我的胶靴被春水洗得盈盈发亮，除了外婆纳的碎小蓝花，上面还粘了许多的落花，有油菜花、紫云英花、蒲公英花。

屋后是一条河，名叫长林河，袅袅婷婷地，迤逦走向长江。春日里，河水又满又绿。河边是一丛一丛的芦苇，或是一丛一丛的菖蒲。柳树发芽，杨树发芽，榆树发芽，个个枝头都是毛茸茸的绿色。这些绿色倒映在河水里，何止是春水碧于天！

早晨，女人们在河边浣衣，棒槌的声音此起彼伏，在河水上回荡着，成为多声部的合唱。水上，鸭子们拖家带口，划动脚掌，一片片扇形的水纹被裁出，绵延不绝地荡开去。

柳枝披拂里，探出牛的前半截身子——牛来河边喝水了。水是绿的，柳枝是绿的，褐色的水牛像是被无处不流淌的绿色给洇湿了身子，也是绿的了。

黄昏，杜鹃鸟飞过林梢，且飞且鸣，长长的尾音震颤在河水之上，让人觉得春天一直是唐诗里的那个春天。我们行走千年百年，还没走出过杜鹃的春啼。“杜鹃声里斜阳暮”，斜阳也是旧时斜阳，一半在天上，一半在水里。

到春暮，油菜花落了，桃花、杏花、梨花也落了，河边的野蔷薇花却开得正到好处。刚开的深红，开老了的粉红到淡白，深深浅浅的红花点缀在叶子已然茂盛的花架上。水里也有野蔷薇花，和岸上的同开同落。

水底的水草隐隐约约有了消息，偶尔有帆船经过，静静的水面像睡醒的婴孩，在摇篮里翻身，水底初生的水草也跟着水波摇摆着袅袅的身子。菱角秧浮出了水面，小小的。无风无波的时候，它们光亮浅紫的嫩叶像是用丝线绣在绿缎子上。菱角叶子在水面上一日日地铺，平阔的河面一日日窄了，春天也一日日窄下去。

夜里，闻着花香入睡。屋子西边一棵棠梨树正开花，花香随着夜气漫进窗子里，人就在这样潮润的花香里。想象窗外，白色的棠梨花纷纷扬扬落下，屋顶白了，河堤白了，房前房后的春水也白了。夜里做梦，常常梦见自己穿着胶靴站在河边的石板上，洗靴子上的软泥，还有粘在靴子上的花瓣。醒来，屋瓦上是平平仄仄的雨声。

春天若论五行，一定属水吧。水滋养出了万物生长，也滋养出了诗意绵长。

见梧桐，忆南唐

晚间散步，遇到一棵枝叶蓊郁的梧桐，跟身边人说：这是中国梧桐，又叫青桐，是凤凰居住的梧桐，是唐诗宋词频频吟咏的梧桐，也是古人制琴用的桐木。

每见梧桐，就会想起李煜，想起南唐，像想起精神上的一位兄长。

我想，在南唐的宫苑里，在丝竹悠扬的小楼上，一定也有一张高贵的古琴陈在琴几上，上面纤指弹拨，替人述说忧伤。

喜欢“南唐”这国名许多年了，不知道是不是因为李煜，因为那句“寂寞梧桐深院锁清秋”。秋夜雨声里读李煜词，忽然想起来查查南唐国址。查到后一惊，竟就是今天江西、安徽、江苏、福建、湖北和湖南一带，长江中下游一带的江南江北呀。天，我一时感慨不已。我今生长、生活四十余年的这方土地，原是旧时南唐之国。那个被后人称为南唐后主的李煜，他在南京，与我只一江之隔。

只是，如今一江之隔的南京，多的是法国梧桐。南京多法梧的原因有三个版本。一个版本说是法国传教士引进的。一个版本说是法国梧桐又名三球悬铃木，可象征三民主义，所以孙中山先生在南京广种法国梧桐。流传最广最动人的版本是，因为宋美龄喜欢法国梧桐，所以蒋介石从法国引进两万棵树种，从美龄宫种到中山北路。秋天梧桐叶黄时，从空中俯瞰，梧桐成荫，连成一串宝石项链，仿佛替人款款表达爱意。

一千多年前，李煜在他的南唐都城，即今日的南京徘徊不眠时，宫阶下，风吹梧桐，满院秋色。他大约不会知道，一千年后，风还在吹，雨还在下，江南的烟雨月色中婆娑摇动的大多已是千万棵外来树种——法国梧桐。

如果没有战争，南唐该多好啊——占据着长江中下游江南江北肥沃的土地，岸上采桑采茶，水里采莲采菱。物产丰饶，经济发达，足以支撑起文化繁荣。从民间到宫苑，南唐的空气里飘满诗酒芬芳……如果可以穿越，让我选择一个古代的王朝来度红尘，我真愿意在南唐的柳堤上，袅袅婷婷地走过。

盛夏之中，有一个美丽忧伤的节日——七夕。我们在七夕之夜想起牛郎织女。我们大约不会想到李煜。李煜生在七夕，死在七夕。他从父亲李璟手里接过来的江山已经是残破的了。李璟写过很著名的一句词“小楼吹彻玉笙寒”，简直像是一句谶语。风吹梧桐，一整座南唐的王宫御苑都在残月晨霜里凉寂下去了。即便李煜以臣子之礼侍奉高傲的北宋，即便一国之主的他见宋使时连龙袍都不敢穿，但，他所有的努力与谨慎都徒然得像一个笑话。

好在，还有梧桐，还有梧桐这个文学意象让他聊以排遣一腔春水怨愁。这个“千古词帝”，他在政治那里遭遇的尴尬和笑话，在文学的檐下，被秋风梧桐一一拂去。在一千多年的文学长亭里，文学还他以尊严、以尊贵。他在诗词里再生了自己的骨骼，拥有了独立的姿态。

我想，这个世上，是生长着两棵中国梧桐的。一棵长在凤凰于飞的华夏土地上，蓬勃茂盛，承载神话；一棵长在南唐之后的文学里，书写着深具美学意味的孤独。

深冬月照

母亲将我叫起来，朦朦胧胧中，我穿好衣服。

我们起大早准备去江对岸的荻港街上，母亲要卖东西也要买东西。那时我大约才十岁吧。

洗脸后，打开门，泼洗脸水，才发现外面天上地下一片莹白。月亮高得很，夜气被月光照彻，扑面是柔软的寒。洗脸水泼在空旷的泥地上，蜿蜒流淌，似乎怕冷一般，仿佛能听见它们“嘶嘶”的叫声。地上的蒙蒙白光似乎被水吃掉了，倏忽，墨色的水印子里，又灼灼耀着月光。

从我家到渡口，要翻越两道江堤。母亲怕赶不上早班船，所以早早把我喊起来，陪她月下赶渡。

我们趁热吃了早餐出门，母亲走在后面，我在前面。那是冬天的凌晨三四点，月亮庄严地坐在天上，像看家的祖母，把万物看得规规矩矩、悄无声息。星子如同一朵一朵晚秋的小菊，开在蓝色的薄雾里。河堤两旁的小树，叶子几乎谢尽。冷冽的月光下，细弱的枝柯上也都罩着一层茸茸的白，我伸手一碰，都是霜。我脚下的草坡上，枯草稀疏，都躬身在白霜里。小河无声，以月光为衣，低低地沉睡。我和母亲，走过静寂小河，走出静寂村庄，像走在梦中。我们的脚下，是月光，也是细细碎碎的白霜。

月光下的路，似乎都是平的。

我看看天顶的月亮，看看脚下的路，觉得我和母亲走在霜地上，也像走在月亮上。

不出十分钟，我们就上了大江堤。江堤上的风，似乎有猎猎撞人之势，却也不见树头摇动，想来是我们行走中错把迎面的寒气当成了风。月光倒是更亮堂，无遮无拦，仿佛有铺不完的银粉，到处播撒。

蜿蜒长堤，除了我们，无有人影。四野阒寂，人间不像人间。只有我的脸，冰凉柔软。这是落了月色也落了晨霜的脸。我和母亲走在月照之下，走在无边的霜气里，像两粒小小的纽扣，小而结实且透明。

没有蛙鸣，也没有虫唱，连喜欢夜飞的乌鸦也不见影子。这江村的声音都被月光舔干净了，或者是被晨霜给密密缝紧了出不来。

只有我的足音，连着母亲的足音。我们的足音把连天连地的月光，踩出了许多窟窿。我心里感到抱歉，可是一回头，身后月光圆融清透如初。

人世之初，也许未必是盘古开天辟地，未必是伏羲女娲造了各色族人，也许还是如我们这般：一个年轻美丽的母亲，荷载两筐衣食种子，身边跟着一个小女孩。大路平阔，她们一路走来，天地澄澈，十方岑寂。

我遥看我的月光，我的江堤，我的晨霜。一刻仿佛千万年，千万年在此凝结为一刻。

月照之下，万物似乎都被抽去了重量。林木、村舍、长堤……它们立在大地上，像立在宣纸上。而无人的江堤上，母亲的影子小小，我的影子小小，我们也在宣纸上。

月光把世界变轻了。

我们且走且停，月亮且走且停。偶一抬头看，它依然又高又远，像用繁霜在不断锻铸敲打，洁白清冷。我忽想起妈妈教过的童谣，此间吟来真应景："月亮粑粑跟我走，我到南京讨笆斗，季季刀子割韭菜，萝卜干子喝烧酒。”南京在我们江对岸的下游，此时江水拍打着月光笼罩下的古城，像一首古诗，是那般遥远而悠扬的存在。笆斗是一种柳条编的圆底容器，可盛放谷物等粮食。那时不懂为什么要到南京去讨笆斗，我家的杂物间就有笆斗啊。笆斗不盛粮食时，我和弟弟常常爬进去，坐在里面像不倒翁似的摇晃。我想，发大水时，我可以坐着它漂浮，像坐着远古洪水神话里的葫芦。

童谣里，去南京，就像我们此刻去荻港，也许讨笆斗不过是个由头，真真是想赶一个人头攒动热闹喧哗的早市。

梅花不急

梅花开得迟。梅花不急。

出门回家，路过一棵蜡梅，一棵正开花的蜡梅。梅树的叶子几乎凋尽，只一树的蜡梅花冷冷淡淡开在嶙峋的枝干上，开得漫不经心。

此时，冬至已过，万木萧萧，它是独一无二的芳，独一无二的华。可是，那花依旧开得谦谦有隐者之气。

迎着那冷香，我走近折了一枝。短短一截梅枝，上面缀着五朵嫩黄的花儿，像宋代的仕女，身着秋香色罗裙，贞静端立在黄昏的宫阶前。

回家将梅枝插进淡绿的细颈瓷瓶里。一下午，梅在书房里，幽幽地吐着香，像是低声部的吟唱，从楼窗里远远地传来；又带着点叙事长诗的味道，婉转、朴素。

冬天，在这不紧不烈的梅香里，算是真正地开场了。

记得少年时，外婆家屋后也有一棵蜡梅树。蜡梅树是我的大舅栽种的。大舅爱养花，蔷薇、大丽菊、美人蕉、君子兰，还有牡丹和芍药……实在是多。我那时一去外婆家，就爱去那些花草边转悠，心里觉得无限明媚。但对于蜡梅，我心里哂笑大舅的审美。蜡梅树那时看起来实在貌不惊人，完全不像能演绎一段传奇的角色。

外婆家的后院，春天里，桃花杏花闹哄哄地开，气场盛大逼人，狗都安静不嚷了，终日窝在屋檐下晒太阳。我那时常常仰面在树下，等花瓣落到我脸上来。蜡梅树呢，只是在吐叶子，吐出来的叶子也俗常得很，惹不起人的兴致。夏天，篱笆旁的木槿枝上也眨巴眨巴地开起紫红色的花来。在花少的长夏，仔细端详那木槿，也还有几分动人的颜色。蜡梅呢，叶子倒是和木槿的叶子长得一样厚，可依旧寒门模样，片花不着。秋天，沙地上的庄稼收回来了，乡村人家的门前，桂树终于开花。桂花的香，涨得一个村子都清甜起来，很有些五谷丰登的意味。

我站在外婆家后门的门槛上，闻着空气里满溢的桂香，心想：蜡梅啊蜡梅，你怎么办呢！就这么什么都不交代？

蜡梅树依旧缄默着，静静地立在后院里，人家长叶子它也长叶子，人家落叶子它也落叶子。它如何知道，一个小女孩已经在逼视它，逼视它生长的意义，怀疑它存在的价值。

逼视也无用；怀疑，它也不急。它依旧安然地走着自己的时令。长路迢迢，它似乎有的是耐性。

不记得是在哪一阵冷风里，忽然就闻到了花香。好奇寻到外婆家的后院，看见落光叶子的蜡梅树上，有黄色的花朵打开，三朵两朵三朵，像是各开各的，又像是呼应着开。更多的是花蕾，一粒粒的，像攥紧的小拳头。拳头里握着花香，也握着力量。

梅花到底还是开了！

我站在花树下，闻着冷香，觉得这香味沉实。若能把花香也拿到秤盘上称称，梅花的香一定比桃花杏花的香要重。

我回家，跟表姐描述：外婆家屋后有一棵蜡梅，在冬天开花！好香好香！

实在，梅花担得起这传说！

梅花的传说，是一段用低声部在民间吟唱的传说，初听平淡，细思感怀。

有些人的人生，其实就是一段梅花的传说。

他在成长的过程中，一定遭遇过漠视，遭遇过嘲笑，遭受过排挤。就像我外婆家屋后的那棵蜡梅，它的存在被我无视过，它不会开花遭我哂笑过，我甚至建议舅舅砍掉蜡梅树，好让芍药海棠们喧哗地开放。

但是，梅花没有抱怨，它依旧静静地生长，笃定地伸展枝干。它只有一个信念：我要生长，生长，生长——长高，长粗，长得根脉深深扎进宽广土地，长得枝叶可以涨满一座院子……

长得所有的花都开过了，长得所有的叶都掉尽了，它才长舒一口气，开了。

顶风冒雪，寂静盛开。

是寂静盛开。一朵花一盏雪，一树花一树雪，即使开得肝胆欲裂，也是寂静盛开。

苦难太深长了，所以，当最后一展芳华独自绽放的那一刻，它是静穆的。

苦难太深长了，所以，已经习惯低调，已经懂得从容，已经能稳稳沉住气。最后，当天地将一年的光阴交给它来压轴收梢时，它已无意哗众取宠，无意显摆炫耀。

楼下的梅花，依旧在漫不经心地盛开，漫不经心地零落。进出小区，我常常会路过它，我默然走过，觉得自己心上也开着一枝蜡梅。我心上的这枝梅，也没有委屈，没有抱怨……只有不急。

我不急。这么多年走过来，已经不急。

不急，大约也是一种雍容。

故乡的骡马（外一篇）

刘怀权

故乡山绵绵岭急急。现代交通的发展在乡亲们生活中不甚显著，而骡马却与千家万户的柴米油盐、日作夜息息息相关。

清晨，人们把架箩往骡马背上一搭，或镰刀或斧头或锄头，往架箩里一放，纵身在架箩上一跃，缰绳一抖，骡马便昂起头，嗒嗒嗒迈开四蹄。若架箩中盛了粪土，一根小荆条往屁股上轻轻一抽，骡马便领了令箭般甩头摇尾，依主人指挥择路而行，有时喷几个响鼻，有时抛下几个新鲜粪蛋。

倘是小伙或姑娘赶马，休整了一夜的歌喉，便会抖落一路原汁原味的醉人山歌，引来其他姑娘或小伙应和。清晨的山野中顿时歌声荡漾，为刚醒不久的山野平添了几分诗意，几分浪漫。

人们劳动时，骡马便在一个中心（木桩）、一根绳子的规范下，于地边、地脑、坡头、岭脚，优哉游哉地啃着嫩草或蒿芽，尾巴不停地驱赶着讨厌的苍蝇，偶尔一个仰天长啸，引得附近的同伴一唱一和，此起彼伏。当然也少不了有趁主人不备，挣脱羁绊跑去找同伴、相好撕咬玩耍者。主人只得暂停手中的活儿，将其抓回重新拴牢。

中午，人们回家午餐，骡马准会驮上一驮柴草或洋芋，摇首摆尾回家做短暂的休整。乡亲们做事一向遵循"挑水带菜洗，扫地背娃娃"的实效原则。

倘若赶街，骡马就不会这么轻松了。去时，驮二三百斤不说，还要在街边墙角缺草少料地干站十来个小时。晚上回来，又饿又累的骡马，还得驮上二三百斤的煤炭，重担加爬坡与下坡，使它们汗水涔涔，到家早已全身湿透，水中捞出来的一般，晶莹透亮的汗珠纷纷滚落，乳白色的汗蒸气袅袅升起。除了春种秋收，骡马这便是完成了一星期的重任。经历了一天驮、站、驮的骡马，或独享一栏，或与猪牛和平共处，或偏站主人内室一角，默默咀草嚼料，细品有奉献才有享受的生活。

“缺啥别缺骡或马”“家有十子，不如一马一骡子。”等俗语，充分道出了骡马在故乡的重要性，以及在乡亲们心中的地位。确实，离街场近点，少骡无马无所谓；产煤区及附近没骡无马无所谓。但离街场又远，驮煤运炭又是几十里，缺骡少马就别有一番苦楚在心头了。因此，乡亲们再缺吃再少穿，都要有头骡，至少一匹马。倘是谁家没骡也无马，邻里亲友眼中便是实在撑不下去的了。这时，故乡的骡马便如都市人的票子、房子与车子一样，成了财富与地位的象征。

老人们深知骡马在山里的重要性，常教育子女：牲口都是人要它，不是它要人，人无非给它一把草、几颗料，但人背、拿、耕、种，哪样离得了它？确实，乡亲们不仅吃穿离不开骡马，盖房时，驮沙石、运木料、搬砖瓦；娶亲时，驮新娘、背送亲客、移载嫁妆，哪样又离得了骡马？尽管现在各村都通了公路，但车辆仍无法取代骡马在乡亲们生产生活中的地位。

故而，乡亲们对家中骡马，草料尽心竭力不说，更少胡抽乱打。骡马也深深懂得主人的关心与爱惜，主人还在老远便嘶叫招呼，喜悦之情洋溢于表，好像说：“主人，您好啊！”主人这时准会心舒神畅，对生活、对未来充满无限希望。喂养者使用骡马通常都得心应手；偶尔借用者就可能就不称心了。骡马似乎认为主人为它们割草、送料、提水、松缰，它们为主人背负理所应当。这仿佛告诉我们：与牲口相处共事也要有感情投入，至于人就更不必说了，更不可胡行妄为。

少时，有一次驮炭，晨风徐徐，橘红色的朝阳冉冉东升，深蓝的天空一碧如洗，各种鸟儿在林中灌间跳跃欢唱，山涧溪水潺潺。我一时如醉如痴，忘乎所以，嘴上歌儿不断，脚则不由自主踢捣着马屁股。路至平坦处，突然马蹄翻飞，雪亮的蹄影伴随砰砰砰三声脆响，腿上钻心疼痛立即传至大脑。马儿虽小，蹄无虚发，目标之精确，几乎可与美国“战斧式”巡航导弹相媲美。

父母咋也不信我会被自家马蹶着。这匹马在我家已三年，从未咬过谁或蹶过谁。它那一蹶，让我朦朦胧胧明白了，自尊并非人的专利，恰如当今世界的自由、民主并非美国特产。骡马自尊受犯、身体被侵，同样会伺机奋起反击。这也许是“哪里有压迫，哪里就有反抗”的名言在动物界中最直观的体现吧！

乡亲们不仅生产不离骡马，娱乐也少不了骡马。村里大白果树下是乡亲们晚饭后聚集的地方，有关骡马的话题通常在此展开。哪家又买了头骡或匹马，花了多少钱，便宜还是贵了。哪家拴在床脚上的马，夜里让人放走了。哪家大青骡，大白天放山上不见了，几十人找了几天几夜不见踪影，主家彻底绝望时，它竟背副新鞍架，拖节三尺长的缰绳回来了，全家人顿时换悲为喜，泪眼婆娑。

哪家叫马为争宠一匹骡马，把他大女儿摔了下来。姑娘听到此，不待有下文便羞羞涩涩地走了。中年妇女、成年汉子与年轻小伙则静静听着，仿佛看武侠剧中将出现最精彩的打斗，寒窗十年的举子期待金榜题名。讲的人不经意地停下或故意卖个关子。劳累了一天的人们都无偿地分享到了许多快活，消除了不少疲劳。

随着电视在故乡渐渐普及，乡亲们不再把骡马当娱乐了。但骡马在运载史上的统治地位仍未被打破，近年来，还成了乡亲致富的好帮手。故乡与毗邻的贵州经济开发区未通公路，乡亲们便巧借区位优势，用骡马把洋芋、蔬菜等运销出去。端午后，故乡周围四个乡镇的群众都要栽些杉树、松树及马尾杉，乡亲们凭借靠近贵州苗木基地的优势，用骡马运树苗上街入寨，送货上门，利人利己，又绿了祖国山川。

故乡的骡马，驮起了故乡祖祖辈辈的轻重冷暖、山高水长，驮起了乡亲们的希望。故乡的骡马，是乡亲们生活中不可或缺的部分，是故乡无须花钱便可观赏的一道亮丽风景。

明月那时照我还

第二天就开学了，我身上只有六十二元钱。父母一筹莫展，我也彻底绝望了。觉得是否命中注定，我要在那山旮旯里劳碌一生。晚饭时，一位串门的邻居说大姨家前天五百多块卖了头猪，我求学的希望之火又炽燃起来，胡乱扒下两碗饭便跑。

去大姨家的路虽只有八里，但或山高坡陡，或坑坑洼洼，细若鸡肠，白天人也怕累脚，何况晚上？而且多次发生抢劫，还差点闹出两条人命，罪犯至今逍遥法外，方圆五十里无不谈此路而色变。有没有别的路呢？有一条，但需绕道十五六里，这意味着一夜之间，我将走三十多里路。为了能准时报到，我决定铤而走险。

许是好人一路平安，一路虽磕磕碰碰，倒也没遇到什么强盗。只有两次，突然窜出的鸟、兔吓了我一身冷汗。跨进大姨家已十点多，大姨关切地问吃过饭没有？从哪里来？当我说天黑了才从家里摸小路来时，满屋人无不惊愕，表姐夸张地把舌头伸得老长。大姨直怪我什么事不能天亮来？当她得知我是借钱明天去读书时，便一个劲叹我不走运，早上才被人借去订婚了。见我失望的样子，急忙安慰说她还有三十块，先拿了用着，边说边把钱掏出来。我接过带着大姨体温的钱，眼角湿润了。

大姨六十多岁了，一家人还全靠她吃饭，整天棒小伙般忙碌，姨父去世五年了，给姨父治病的债也许都还没还清。大姨拿着手电筒把我送出村老远，才让我提着她的镰刀绕道回家。说实在的，真遇上强盗，一把镰刀又管多大用？但我不愿也不能拂了大姨的爱意，路上多少也可壮点胆。

我的执着似乎感动了上苍，进大姨家还黑咕隆咚的，出来却半轮明月挂青天，我记忆中从未有过那么皎洁、那么明亮的月光，以至我坚决拒绝了大姨塞到我手里的手电筒。

明月那时照我还，确保了第二天按时起程。

走过生命的冬天

宁红瑛

山一程，水一程。年复一年，我们总在人生的旅途中，追寻着某些或熟悉或陌生、或留恋或欲忘的时光。寒冷的日子里，偶尔驻足回首，总会有一丝惆怅萦绕心头。总在回味过去的日子里，来了些什么，又走了些什么；和谁擦肩而过，和谁渐行渐远？

我爱冬，不为什么，就为了让那一朵朵素白纯净的天地精灵染白我的盆栽，染白我的发丝，染白我的心灵与笔墨。裹一袭素衫，修一颗柔心，做一场春梦，伴雪而歌，踏雪而舞。风漫卷着雪花飘下的思念，轻轻柔柔，氤氲在消逝的流年中。如醉如痴，如诗如画。美丽了情怀，温润了岁月。或者在冬天的凉雾里，在纷扬的雪花中，在会泽这个古韵悠悠、古色古香的古宅民居里，搬几把椅子，约三五好友，沏一壶香茗，聊一些趣闻，看树叶静默，赏飞花碎玉，即使不写不唱，仍然可以听见季节的情愫，簪在未醒的诗中，飘进前世的忘川河里。

“春有百花秋有月，夏有凉风冬有雪。”在人生的道路上，总是不能够一帆风顺，总有风急雨密的时候，总有白雪皑皑看不清前路的时候，也有那些山重水复疑无路，甚至是绝望的时刻。我们究竟该如何看待这生命里的冬天呢？当我们遭遇人生的滑铁卢时，该怎样坦然相待？前段日子，我不慎右脚骨折，静养无聊时，我总是这样开导自己：骨折了，那是老天有意怜悯我太过忙碌，正好趁此机会看看书，充实充实，就算达不到“腹有诗书气自华”的优雅，也能从《诗经》风雅颂、《唐诗三百首》等经典好诗词中陶冶一下情操，时间会冲淡一切，没有过不去的火焰山。现在想来，其实这也是一种生命的体验。在体验病痛的过程中，我也体验了对生命的敬畏，这是另外一种别具特色的壮美。

太史令司马迁在遭受宫刑之后，没有含恨自杀，没有一蹶不振，也没有乱掉方寸，而是忍受着非人的屈辱，潜下心来撰写《史记》。他在《报任安书》中说，之所以隐忍苟活，挣扎偷生，实在是因为内心的理想没有得到实现，怕就这样死去，自己的文采和抱负不能实现。他在孤寂而寒冷的冬天，以文王、孔子、屈原、孙膑等人身心受创之时发愤而作的事迹来激励自己，从而创作出了皇皇巨著《史记》。“虽万被戮，岂有悔哉？”多么自信！多么铿锵有力的话语！多么强大的内心世界！可见，苦难可以毁灭一个人，也可以成就一个人。

四季轮回，时光变迁，芸芸众生中，愿寒于身，有衣物相抵；寒于心，能以淡然取暖，以孙膑、太史公等为鉴，笑对花开！

一声秋到

若荷

今年的秋坎低，就像出入自家的门，不知不觉地就进了，特别是入秋的方式，既不像屈原那样，是看得见的“袅袅兮秋风，洞庭波兮木叶下”，也不像李白那样，是可感知的“秋色无远近，出门尽寒山”。秋，是我听见的。那些细微的秋声，让我突然发现，秋到了。

楼下有一片菜地，原本是安寂无声的，记不清是哪一天了，朋友的儿子金榜题名，全家人欢喜之余，邀我去助兴。我喝了一点点酒，很少，也就是半杯干红，回家就迷迷糊糊地睡了。也是在迷迷糊糊中，我听见了一些声音，时断时续，声声如鼓，时而清脆，时而婉约，似乎还有一点缠绵，如指尖拨动的丝弦，声声悦耳。仿佛是梦，又仿佛是在现实之中。

就这样，在似梦非梦中，不知过了多久，我才确认，那声音来自楼下的菜地。用不着多想，我便知道那是蛐蛐，一种学名叫作蟋蟀的昆虫。哦，对了，还有青蛙，也在凑热闹般地唱和，一声紧似一声。人到中年，睡眠越来越不如从前，时常在半夜里辗转反侧。每个细微的响动，都弹拨着我敏感的神经。有时晚上睡不着，或半夜醒来之时，青蛙和蟋蟀的声音，就汇成了一种鸣奏，一阵紧似一阵，透射出一些不安的躁动，常常就有些令人厌了。可是，那天的感觉却不一样，自然，悦耳，亲切；更为重要的是，从这声音里，我听见了节令的脚步——秋天来了。

不久，蛙鼓的声音消失，蟋蟀的歌声却依旧。没有了青蛙的鼓噪，蟋蟀的声音听起来有些柔软动听。那音调不高，不低，不野蛮，不粗犷，仔细听，能让人涌动起心潮，生出一丝莫名的感伤。白天，它们蛰伏而缄默，只在夜深人静的时候才发出声音。当你专心地去做某件事情，或者沉入梦乡之时，它便悄然而去，不知所踪。你只有在孤独烦躁的时候，才会发现它们浩大的存在。我笨拙的文字，无法描绘出它真实的样子，只能用耳去倾听和感知它的声音，它的存在。

不久后的一天，又是一个黑夜，周围十分安静。七夕刚过，眼看就快要到中秋了。“人悄悄，帘外月胧明”，这朦胧的月，很容易让人陷入寂寞的情绪，轻轻叹，感喟时光的流转。这时候，听蟋蟀的叫声，就更会生出许多的联想，比如留守的怨妇，或者年迈的老人，还有回不去的岁月。每一种联想，都带有一丝浅愁。少时，听老人们说，蟋蟀是位勤劳女子的化身，她前世的名字叫“促织”。蟋蟀叫，是催人收起夏季的单衣，清点秋冬的衣裳的。其实，它真正隐含的意义，远比人们想象的丰富，这是昆虫界的秘密。

再一次让我听见秋到的，是雨。

也是夜里，感知不到渐凉的风，也看不见飘零的落叶，却听见了淅淅沥沥的雨声。今年漏秋，雨水特别的多。白天晴朗朗的天，晚上却下起了雨，断断续续，日复一日。连续下了几场雨，逐渐驱走了夏日的炎热，抬头望，一穹蓝天，被雨洗得十分明净。但从白天的雨中，我并没有意识到节令的更替。发现秋，还是在下雨的夜晚，具体地说，是听见秋。

那天周末，几个朋友相约外出游玩。大家都很放肆，爬山过水，你追我逐。顾不得艳阳高照、汗流浃背——早秋的太阳，其实并不比夏日温柔，依旧火辣，仿佛出于故意。累己至极，待到夕阳西下，回到家，才觉得什么都不想做了，只想早点休息。

带着白天的艳阳入睡，连梦也有阳光的气味。雨不是在清晰中降临的，没有打湿身子，也没有打湿心情，而是带着声音走来的，淅淅沥沥，淅淅沥沥。不管是疏是密，那步子都很轻，暗藏着偷窥之意，仿佛待月西厢下，在墙头窥望的张生；蹑着脚，小心而行的红娘，生怕踩响了地上的蔷薇叶，或者，绊倒了凳子，迷路在回廊……

我相信，不是雨声惊扰了我，让我在梦乡中苏醒，而是有某种心的灵犀，提示着我的听觉。总之，很疲倦的我，就这样莫名其妙地醒了。四周一片漆黑，我被夜晚的帘幕围裹，看不见一切。雨声是我首先的，也是唯一感知到的。并没有通常情况下初醒的迷迷糊糊，我感到十分清醒。清醒的我，不仅一下辨清了雨声，还辨清了它与往日的不同——不同于夏雨的狂烈、冬雨的纤细，也不同于春雨的温润。哦，秋雨，只有秋雨，才有这样的声音，淅淅沥沥。岁岁年年，年年岁岁，又是一个秋到了，心中竟升起莫名的惆怅。我在想，是不是我丢失了什么，或者是获得了什么我不情愿获得的东西?

确实是秋到了。明明是事实，却还经历了一个小小的插曲。

清早起来，天已放晴。我还在想昨夜的梦境。可是，雨停了，窗前没有了雨打的声音，甚至地面也干了，好像昨夜压根儿就没有下过雨。于是，我有了一些怀疑，怀疑昨夜的雨，怀疑秋之已至。

我的怀疑，得到了另一种印证——那些花。

花很美，一副乱春的样子。就是我家阳台上的那株三角梅，有的已经绽放，鲜艳，娇红，放肆，目中无人；有的则紧跟其后，亦步亦趋，不甘花后。一朵一朵的花，次第而开，不同程度地展示了花开的整个过程。太美妙了，从一串花的开放中，我窥见了花事的生命历程，这是过去未曾有过的。我索性下楼，走进小区里。我发现了更多的花，紫茉莉、玉簪花、秋海棠。尤其是清秀挺拔的夜来香，它碧叶莹润，花色如玉，黄昏后，更是芳香四溢，整个楼道都是它的芬芳。

在一道道篱笆上，缠缠绕绕，开放着粉红、浅蓝、淡紫色的喇叭花。新开的花朵娇艳无比，仿佛汲足了空气里的水分，湿漉漉的。这种花，看似泼辣，其实非常娇弱，倘若摘下一朵，只几分钟的时间，边沿就会卷曲，干枯，毫无生气地敛在一起，再没先前的生机。让人想起那句话：越是柔软的心，越是容易受伤，越是美好的事物，越是禁不住时光。所以，我们见到的喇叭花，它只开放在早晨，趁时光尚早，尽可能地展现它们的妩媚，开出不可亵玩的高贵。不为得到一声喝彩，只为不虚度这短暂的一季。秋是我们的季节，也是它们的季节，更是它们的年华。只要静静地绽放，哪怕像露珠一样，同在时光里苍老，同在叶尖上消失，也在所不惜。

我曾有一种固定思维，提起秋天，就将目光投向丛林、山川、田野，认为这时的风、这时的色，才是秋天的使者，是秋天开始的标志。此外还包括那些成熟的庄稼，大豆、高粱、玉米，以及挂在墙头上磨得发亮的镰刀、歇在场院里的那些笨重的碌碡、乡下闲不住的农人……我唯独忽视了花和花开的声音。

比如此刻，就在我再次来到阳台，俯身静静地注视那些次第开放的三角梅时，我忽然听见了一种声音，它细若游丝，从虚无之处飘来，美妙、优雅、迷幻，富有诗意。这声音不像春花那么狂野，也不像冬花那么孤傲、夏花那么妖媚。它脚步轻细，甚至无法度量脚步间的距离。它的声音，不是由脚步发出的，而是由内心发出的。因此，需要用心贴近，带着真诚，才能听见。

我断定，只有秋花，才有这样的声音。

天使的眼睛

刘丰歌

车行戈壁，若一只小小的蚂蚁在大地上爬行。公路如一条运动的履带，不停向车头奔来，沿车底穿过。路，似乎永远看不到尽头。

戈壁滩以其简单的灰褐色顽固地撞击着我的视线，举目所见处，一片苍茫辽阔的灰，单调的色彩，使人无聊厌倦，昏昏欲睡。而路上偶尔一个坑洼会使车子突然一个高抛，把座位上的人高高弹起，又重重摔下。颠簸把我从迷蒙中震醒，把总想结合在一起的上下眼睑毫不客气地撑开。车窗外，偶尔有漠风夹杂着沙尘疾驰而来，绝尘而去，卷起几片梭梭草的残枝在空中翻着跟头从眼前飘过。风的律动更如衬托出大漠的寂静。

正当一双眼睛被灰蒙蒙的色调折磨得疲惫不堪时，一汪绿色的泉水就这样不经意间出现在我的面前，如戴着黄色面具的少女，只露出一只水汪汪的大眼睛。我这双疲惫无神的眼睛，遇到这碧绿清澈的眼睛时，如他乡遇故友，千里逢知音，瞬间明亮了起来，活泛了起来。

车刚停稳，我的意念便驱使双手急不可耐地推开车门。谁知脚还未从休眠状态中缓过神来，一个踉跄扑在地上。没关系，就算初次见面一次虔诚的朝拜吧！爬起来习惯性拍拍身上的衣服，却不见土。戈壁滩原来很干净。眼睛锁定目标，心无旁骛，大步流星地走近，再走近，只想真真切切地亲近戈壁大漠中那奇特的泉，那让无数游人顶礼膜拜的泉，那引无数摄影家魂牵梦萦的泉，那令无数文人雅士咏之记之的泉。离泉不远处有一石，竖立，上书“第一泉”三个红色大字，字是行书，十分醒目。大家喊：“快来合影！快来合影！”便都向那石头处奔去。我却只想早点赶到泉边，近距离目睹她的芳容。

到了，到了，好一眼月牙儿般的泉啊！让人看到的似乎是永远微笑着的眼睛，这举世闻名的大漠“第一泉”，在我的心中，更是大漠“第一眼”，那眼清澈得不含任何杂质，偶尔波光一闪，再一闪，泉旁浓密的芦苇如长长的睫毛般，一眨，再一眨，似少女羞怯的回眸。如果不是有栅栏围着，我真恨不得一头扑进去，沐浴那一弯温柔的碧波，让她清亮的眸子抚遍我全身的每寸肌肤。这时，游客中一位小姑娘指着泉水对她妈妈说："妈妈，你看，多像天使的眼睛。"我不禁一怔，小姑娘形容得真好，这不就是天使的眼睛吗？只有天使的眼睛才有这般纯净无瑕啊！友人喊走，我却挪不动脚步。那眼睛仿佛有一种无形的吸力，把我的魂吸进那明亮的眸子中，融化在那一汪青绿里。

此时，漠风呼啸着来了，唱着大漠粗犷的号子。唱的什么我不懂，但我能感知那调子是欢快的，歌声是深情的。那歌声是唱给这美丽泉水的情歌吗？一唱就是千年，千年的眸子永远清澈，千年的歌声永不停歇。这一种守候，这一种爱，超越时空，超越流俗，有蓝天作证，白云作证。其实，爱她的还有这满目黄沙。瞧，那黄沙以四周合围的方式紧紧拥她于臂弯，借游人之力，总想将她隐藏在自己厚厚的沙被之下，独享她的美丽。而风却不舍昼夜地刮着，要让她的美盛开在人间，让每一个人都感知她的美，享受她的美。于是，沙和风像两位永远陪伴在她身边，却又竞争千年的伟男，“哗哗”流动的黄沙要揽她入怀，入梦。漠风则用尽洪荒之力“呼呼”劲吹，将她身边的黄沙毫不客气地吹回到山顶，不让她受半点伤害。这需要多大的毅力啊！但漠风乐此不疲。黄沙流淌千年，漠风劲吹千年，黄沙与漠风这一对天生的兄弟，天生的对手，在这戈壁大漠较量了千年，将小爱与大爱，演绎得淋漓尽致，形成沙不掩泉，泉不离沙，相守相伴，历经千年的奇观。我曾在号称“世界风库”的安西，领略了风的威力，以差点将我掀倒的力量，见证了他的狠；以再粗的树都以他的意志生长的方式，见证了他的蛮。但今天，在这温润如玉的眼睛面前，领略了他的猛，他的柔，那份对爱的执着与坚守。对漠风的印象一下好了起来。这才是男子汉的性格啊！该狂时就该狂放不羁，该柔时就应柔情似水。

当同来的伙伴们邀我一同爬上山巅，从沙顶下滑，聆听鸣沙的声音，感知沙山下滑的快感时，我断然拒绝了。这样不等于间接帮了沙山的忙吗？沙不就是要将其据为己有，让这美丽的眼睛只守望他粗犷的身躯吗？我可不想助纡为虐。我只想静静守在这明亮的眸子面前，解读她迷离的心事，让心与她交融，让情与她共鸣。

我就这样傻傻地坐在沙丘上，与月牙泉对视着，我似乎看到，那眼中既有灿烂的银河，又有浩瀚的繁星；既有日出日落，又有月缺月圆。这时，又一股漠风刮来，打着旋儿从泉边闪过。顿时，月牙泉眼波流转，顾盼生辉。这是彼此惺惺相惜的知音才有的眼神啊！至此，我仿佛明白了漠风所表达的深意：美需要自由，需要呵护，不能随意桎梏，否则她将如离枝的花朵，枯萎凋零。这一刻，我与漠风成了知音，似乎也读懂了月牙泉那波光粼粼的眼神中所蕴含的心灵独白：她愿把爱献给蓝天白云、大漠戈壁，还有为目睹她芳容千里赶来的芸芸众生。

曾经，月牙泉还出现过双泉相映的奇观，难道那是她的另一只眼睛吗？可为什么平时总将那只眼紧紧闭着，甚至藏得让人找不到她的所在？是不忍心看到千年前河西走廊那刀光剑影的血腥、西出阳关的辛酸、征战难回的绝望，而伤心地闭合了、隐藏了？还是看惯世俗沧桑，宁可睁一只眼、闭一只眼看世界。睁着的眼，看世间美好，闭着的眼，悟岁月沧桑？只是那偶尔一次的双眼全睁，很快通过摄影家的镜头传遍世界，一张靓照，已惊艳众生。

还有人说，月牙泉是仙子滴下的泪珠。其实，那难道不是征战的骑士、远行的商贾、出游的书生们远在千里之外的妻子思夫的泪珠吗？这苍茫的戈壁大漠曾经是何等的荒凉孤寂啊！那一滴泪珠定是一天天的相思和一年年的企盼凝聚而成、历经千难万险才来到这大漠戈壁的吧？要不哪有这深情的凝望，苦苦的坚守？

带着满腹狐疑，我问月牙泉。月牙泉不语，只闪着那美丽如月牙般的大眼睛，调皮地微笑着，任我去猜，去想！

一个多小时的相遇，很快就要别离。临上车前，我频频回首，与那清亮的眼神，一次次用灵魂交流。那清澈明亮的眼，似乎已成为我灵魂中不可分割的一部分。这时，景区广播中，响起了田震那富有磁性的歌声："她是天的镜子，沙漠的眼，星星沐浴的乐园。"如是，我愿化作一颗星，永远沐浴在那明亮的港湾。

那件没有纽扣的红衬衫

崔玉松

我记得那是一个下午，我像安然接过那件没有纽扣的红衬衫一样，接过了一个比我大的女同学偷偷塞给我的那本《十月》杂志。哪一年？第几期？记不得了。只记得一翻开就被那篇小说的名字吸引住了——《没有纽扣的红衬衫》。

便一口气读了下去……

于是，那个下午就深深沉浸在了一种莫名的恍惚、兴奋之中。走出学校，开始在大街上寻找，就想找到那件姐姐出差、从南方给安然带来的没有纽扣的红衬衫。我觉得，风鼓满了我的心，午后的阳光照得我的眼睛亮亮的，我的脚涨满了奔跑的欲望，我想对我在的这个小县城所有的人说，走，去买那件没有纽扣的红衬衫。

当然，什么都没有发生。我那时的年龄甚至比书中的安然还小，根本没有力量去让一条大街喧哗骚动起来，只是觉得心里满满的、满满的，就像被一个时代推着不停朝前走一样。

大概三年后，我和小说中的安然差不多大了，那个时候，根据这部小说改编的电影《红衣少女》风靡了我们这座小县城，人人都去看了，万人空巷——那是肯定的，有的人甚至看了不止两三遍。

我记不得电影票多少钱一张，只记得我是和那个塞《十月》杂志给我的女同学一起去的，到售票处的时候，售票员正准备把售票处的小窗子关上。我忙说，买两张票。售票员脸上没有笑容，冷冰冰说了句，卖完了。我回头看看女同学，她说，下一场。我点点头，说，下一场。售票员还是那三个字，卖完了。说完，不再理我，“咚”一声关上窗子。

我们挤出人群，就看到好几个人在买“飞票”，贵了两三倍。我正在犹豫，有人已伸过手来，说，给我三张。我一抬手把那只手推开，说，我要两张……

那是我看过的最贵的电影了。看完后，突然发现满大街都在议论，说，这人哪有姓安的？说，安然她妈可真是，自家男人的裤子都不帮着熨。说，我也不会让我姑娘穿这样的衣服。说，安然就是她爹惯坏的……

不管怎么说，紧接着，大街小巷就都是红衬衫了。商店门口写着，“安然服”到了。当然，很多人根本买不起，就扯了红色的确良到裁缝铺做。我记得，我爸他们厂门口一个四川人开的裁缝店，很晚很晚，都还亮着灯。下晚自习路过，我甚至听到缝纫机“哒哒哒、哒哒哒”的声音。

那时，我多么想有一件没有纽扣的红衬衫啊。

过年的时候，我说：“妈妈，今年我想买件衣服，别找裁缝做了。”我妈说：“不行，成品太贵，还是买块花布，你和你姐套着裁，省布料。”我问：“能不能买红的？”我妈瞪了我一眼，说：“女孩子家，素一点，别穿那么显眼。”后来，我妈给我和姐姐扯了一块白底红点的花布。

其实，我多想跟我妈说，我也想要一件没有纽扣的红衬衫。可是，我不敢。

现在回过头来想，铁凝的这篇小说不仅对我产生了深深的影响，而是整整影响了一个时代。在我看来，这篇发表于20世纪80年代初期的作品就是那个时代的“先锋小说”。怎么说呢，这篇小说无疑是铁凝的精心之作，每个人物和他们的身份都是经过精心推敲的——因为他们身后的那些词象征着一个时代人们思想崭新的萌芽。比如，文中的姐姐“我”，是一个编辑部的编辑。父亲，画家。母亲，外语老师。“我”的男朋友，一个有孩子的男人。安然，叛逆的中学生，随时都有冲出“古堡式的家”的可能。

这个家庭每天谈论的话题是高更、毕加索、契诃夫、巴比松画派等，在那个年代，代表着新思想、新文化概念的词和符号，再加上妹妹安然的叛逆——本来以她的成绩完全可以评上那个学期的“三好生”，但是在这里，作者却偏偏让她穿上了一件没有纽扣的红衬衫。这件红衬衫通过姐姐和安然班主任的一段对话，我们可以明显地知道，它就是个叛逆的符号。所以穿着如此显眼的红衬衫去评“三好生”，肯定是评不上的。甚至小说的最后，“我”，姐姐坐上火车去看远方的男朋友也自然而然成了一个叛逆的结尾。小说表面上看，是一个家庭平静、纷乱、顺理成章的生活，甚至字里行间还透露出了一种市井的气息，但其实它蕴含了一个时代人们思想解放、表现自我的风暴。

电影《红衣少女》的放映，让这场风暴终于在我们那个小县城铺天盖地降临了。你可以看见满街的红衬衫，你可以看见到处都有人戴着“蛤蟆镜”，骑着“飞鸽”载重自行车，你可以看见满大街的“膨香酥”开始卖起来……重要的还不是这些，重要的是人们穿着红衬衫、喇叭裤，骑着“飞鸽”自行车，嚼着“膨香酥”的时候，开始像安然一样大声说话了。他们高声表达着自己的想法，肆无忌惮地议论着别人，甚至，有人像安然的姐姐“我”一样，找了一个有孩子的二婚男人……我们这个小县城就在《没有纽扣的红衬衫》和电影《红衣少女》的陪伴下，迈进了一个陌生的、充满了激情的变革时代。

而我，那件没有纽扣的红衬衫也就成了我永远的梦，就这样，带着这个梦喜欢上了文学。

毕业以后，我分到一个躲在大山里的三线厂，工作繁重、工资不高，下了班也没有什么娱乐。一到晚上，到处都是无处躲藏的黑夜和恐惧，我只能待在宿舍看书。每个月发工资，我会坐厂车到市里买本书，看完后和别的青工交换。很多个夜晚，我也会按捺不住在日记本上记录一些东西，涂抹自己的心事，打发一个个清寂无聊的夜晚。

买书的爱好一直坚持到结婚。后来，一地鸡毛，根本没法再买书了。好在，看书的习惯一直坚持了下来。每天晚上，在清幽的灯光下，当我用心写下一篇篇文章、虚构出一个个人物的时候，我觉得我已经拥有了那件红衬衫。

阅读的阶梯

——陈川读书笔记

陈川

最早的阅读从什么时候开始的？这于我已是一件异常模糊的事情了，很小的时候，姐弟五人还有邻居家的小朋友围坐在火炉边，听妈妈讲那些鬼怪神灵的故事，黑暗的老屋中只剩下火炉的光亮，暗处，是邪灵的存在。我们面红耳赤，心跳加快，小手挽着小手，尽可能地将身体贴近火炉——唯有这光亮，能驱散内心的恐惧。然而，好奇心总能战胜内心的恐惧，直到炉火熄灭，故事有了结局，我们才会散去。第一次听到故事并不是来源于文字，而是来自母亲的口述，多年以后，我惊异于母亲的想象力，惊异于她编织故事的能力——她要是能识字断文，写下的故事并不会比我逊色。直到现在回到老家，坐在那老屋中，母亲的唠叨总能将某一个事件的诸多细节一一把握，已72岁的母亲总是在她的讲述中保持着异样的敏感。

我的阅读已将教科书排除在外，第一次充满欲望的阅读不是印刷体，而是手抄本的《少女之心》——荷尔蒙在我们的体内荡漾，这是青春期的狂躁症，在某一个熄灯后的夜晚，我们都为这次冒险的阅读准备好了手电筒或煤油灯，然后期待着那本激起我们青春期激情的被无以计数的手抚摸揉皱的笔记本能快一些传递到我们的手中。数日的等待和排队终于被男生宿舍的一场火灾所终结——男生 L 在看《少女之心》的深夜，煤油灯点燃了蚊帐，在这场混乱之中，手抄本的《少女之心》化成了灰烬，我们阅读之欲被终结——传说比文字本身更有诱惑力，《少女之心》的故事被只言片语地传播着，而那个纵火者则成了众矢之的。

在牧区的阅读始终是愉悦的，牛群和马匹在我的身边游动，而我在琼瑶文字的引领下进入了那个精心编织的故事中，那些煽情的文字赚取了我的多少泪水。不过，这样的时日没有持续很久，梁羽生、金庸又将我带入了武侠世界中，文字产生的魔力将自我幻化成了某一个武功高强的大侠，幼小的内心产生了改变世界、劫富济贫的阵阵冲动，这是青春期的特征之一：总以为自己什么都可拯救，自己就是那个救世主。而很多年之后，世事的磨砺让我知道，更多的时候，我们活在悲哀和无奈之中，很多时候连自己的命运都主宰不了。

尝试着写文字是后来的事情，是那样地顺其自然，就像故乡山涧中溪水的流淌一样，我开始用语和词表达我对于这个世界的幼稚认知。那时候是手写，在方格的稿纸上，写完了，像做完了一件最快乐的事情，然后谨慎地留存下来，一页一页地增加，等我离开那个叫通海的小县城时，我的手稿装满了父亲为我打造的一只木箱，随着我的迁徙和离去，也伴随着情绪的失落，多年以来垒建的文字在一个有朝霞的早晨和几封情书一起被我烧成了灰烬。这样的决裂似乎在表明：我将终结之前的生活，而一个新的起点就在此时此刻、在火焰烧毁那些文字稿的时刻已经开始。

我必须承认，在那个小县城时，我的阅读视野还没有得到足够的延伸，然而年少时的意气风发、偶尔在小报小刊上发表文章的那种小满足将我的内心塑造得狂妄和自傲——我的阅读依然停留在国内的很多文学刊物和部分中国作家的作品中，那时候我所待的企业有个图书室，图书室每年都征订《十月》《人民文学》等，也有中国现代作家的一些文学作品，每天下班后，我就会到图书室借书看，这些主流、现实主义的作品曾经在短期内影响了我。回到那个 20 平方米的单身房间，铺开稿纸，开始尝试着语词的创造……就这样写，就这样累积着，增加着厚度，然而，我从来没有问过自己：写什么？为什么这样写？那时候的写作没有明确的指向，似乎只是某种情绪的宣泄，是生活中的一种需要，是打发空闲时间的一个游戏……我就这样写着，作为生活的另一种方式，直到有一次到昆明出差，在文林街的一个小书店里买下了《追忆似水年华》《安娜·卡列尼娜》等书籍。对这些书籍的阅读让我震惊和警醒，记住了托尔斯泰，而马塞尔·普鲁斯特——这个带有自闭症的法国作家，用他呓语似的语言给了我重重一击："一个人睡着，周围萦绕着时间的游丝，岁岁年年，日月星辰，有序地排列在他身边。醒来时他本能地从中寻问，须臾间便能得知他在地球上占据了什么地点，醒来前流逝过多长的时间；但是时空的序列有可能发生混乱，甚至于断裂……”我承认，《追忆似水年华》这部200多万字的宏大巨著的存在挑战着我或者更多读者的阅读，即使到现在，我也没能将这部巨著完整地阅读完，然而，这部精装本的作品像一个神一样摆放在我的书架上，仿佛一个镇宅之宝，让我心安。空闲的时间，随手取下其中一卷，或蹲或卧，静坐于马桶上时是阅读最惬意的时刻，其中的一些篇章或许在一个月前已经读过，但这并不影响我第三次或者第四次阅读它，每一次，我都能从其中获得别样的美妙感受，这些梦话似的语词，不需要独立成篇，都会给我带来无限的快感。在之后的一段时光中，文字形成的世界在我的内心无限膨胀延伸，而我内心的那种狂妄和自傲越缩越小，最终使得我自卑和自惭形秽。

有时候我在想，写作其实是世间最大的魔法，那些方块的文字被安置在字典的纸页上，你不去摆弄它们，永远只是一个字，一个词；阅读却使我们产生了这样的冲动：我们要去组合这些字和词，去创造出一个完成属于我们的世界。然后这些字与词在我们的意象中摇动，慢慢地凝结成我们身体的骨骼、血液和细胞，它们像一个生命体，像一条清澈的溪涧，流向我们精神的内核。这个由字与词组成的新世界，新的生命体有时候就是我们现实生活中的一个横断面，我们心理上的一个切面，它在这个特定的空间里组成了具有生活特质的生命体。写作，世间最大的魔法！如果这个悖论成立，那么，作家就应该是世界上最接近人类心灵的魔术师。慢慢地，我开始理解了最早我认为偏执和武断的话语：作家的任务不是去描述世界，而是去创造一个世界。

离开生活的原址，走入省城，于我而言，似乎离艺术的中心更近了一些——我私下一直这样认为：一个艺术家至少必须生活在省城。然而，这样的认为在之后几年的时光中很快就被改变了，福克纳邮票似的村庄定格在我的脑海中，这个伟大的作家未曾离开他的原址，不仅是福克纳，我后来因写作而认识的一些小说家也一直生活在小县城或者是小镇，一个人的生活之地并没有完全影响他（她）作品的潜质和优秀，写作与一个作家对文字热爱、阅读、敏感和想象力有关。你阅读得越多，对自我笔下的文字越具有否定的勇气，从而对那些优秀作家的尊敬会越来越浓，这种尊敬不仅仅是作家本人，更多的是源于作家对文本的创造。在昆明生活和写作的几年时间中，我不停地反复阅读米兰·昆德拉的作品，他存在的高度是永恒的，诱惑并鼓舞着我；阅读随时间之流而不会终止，它不断地演绎着相同题材却不尽相同的故事，马尔克思从一块飞舞的地毯开始了魔幻现实主义的讲述；纳博科夫用色彩式的语言带着我回到了那年捕捉蝴蝶的童年；卡夫卡则让我知道了那个看得到却无法接近的城堡；我看到了博尔赫斯在他不可能看到的书斋中填充着故事，他对我说："想象一个小说是愉快的，但写出来就过于夸张了……"

埃米尔·路德维希是被我忽视很多年的作家，他应该更早地出现在我的阅读之中。不过，有些作家，你注定会跟他有缘。2002 或是 2003 年的一个夏天，南方周末的马莉和丈夫朱子庆从广州来到昆明，在他们准备去大理丽江旅游前的一个晚上，我们在南疆宾馆里见了一面，朱子庆是个善谈的人，那晚，我们谈到了很多作家，有一会儿，子庆问我："有没有看过《尼罗河传》？"我知道有这一本书，但一直没有找到。我摇了摇头。他说，你应该读读这本书，这是一个最严谨的作家为一条河流写的传记。信息的传递好多时候都在这种不经意中，之后，我找到了《尼罗河传》（新世纪万有文库，辽宁教育出版社出版，1997 年版，赵台安和赵振尧老师翻译）。我和这部作品相遇已经有些时间了，书是一个朋友从孔夫子旧书网站上淘来邮寄给我，七成新，有被阅读过的痕迹——好的作品总是要被阅读的，路途中的灰尘还残留在包装纸上，然而，这并不影响我迫于想读到这些文字的欲望："一阵咆哮预示着河的来临。雷鸣、大片闪光的水、绚丽的蔚蓝色、紧张的生命、一道双瀑泻入一个岩石小岛暗礁的周围。在下面，飞沫浓成淡青色的涡流，疯狂地急速旋转，把它自己的泡沫卷到一个不可知的命运之中去。在这样的喧嚷之中，尼罗河诞生了……"路德维希就这样开始对一条河流生命的塑造。在野生篇中，伟大的作家这样写道："是风开的头。如果季风不是在它们指定的时间、从指定的方向吹来，雨从哪里来？雨青尼罗河是真正的母亲，高山是它的父亲。在自然力的爱的奋斗中、在火山与云层整体的冲突中，第二条尼罗河的奇迹诞生了……是风开的头，但风从哪里来呢？它们像伟大的人物一样，在对抗中取得那最初的成果。在它斗争时、当它们在推撞时不得不屈从于其他的风时，它们带来了雨。到了冬天，只要北风一吹，东北季风就从亚洲红海的上空带来了雨，而到达阿比西尼亚高原时已几乎干燥……”我完全被这样的文字吸引了，这是一种接近冒险的写作，一条河流，它以生命的形态定格于我的阅读并自始至终地影响着我。

路德维希在谈为什么写《尼罗河传》时这样说道：“任何有关河流传记的文献，所包含的不外乎是科学工作方面的著作，或者一些作者和读在一起旅行的书。我的目的并非写一本旅游书，而是讲述一个伟大生命的故事。我们，读者和我，不是在河上旅行，而是河在旅行。正是河的冒险故事吸引了我们……在本书中，一如我写过的传记，我摸索消除文献的痕迹，而我却是通过文献才加深和完善了自己的印象的。在我看来，对所看到的象征性意义、对所见事物的象征进行叙述，要比罗列一堆姓名和日期更为重要，那是每一个人都可以在参考书上寻到的，在这里，像别处一样，我探索用色彩来描述，一如专家用数字和表格来描述。我无意说出那些熟悉的姓名，而是绘出我眼前的事物，然后说出名字……”为完成这部作品，路德维希三次考察尼罗河，到它的中游、源头、出海口，探访尼罗河流经的沙漠、乡村，考证河边居民，黑人、白人的生活状况，有人说，路德维希用色彩代替了线条，用形象代替了统计数字，在他的笔下，尼罗河成了世界上唯一的一条最可爱的河，最有生命力的河，甚至是地球上无与伦比的河。1930 ~ 1934 年，路德维希先后三次考证尼罗河，而沿岸的埃及政府、国王富特为他配备了一艘轮船，英国为他的旅行给予了一切方便，阿比西尼亚则给他配备了一队保镖士兵……

那些可以重复不断地阅读的文本就是一部伟大的不朽的作品。这样的文字，创造了光。这并非我说的，阿尔贝托・曼谷埃尔（世界知名的文选编纂家、翻译家、散文家、小说家和编辑。生于阿根廷布宜诺斯艾利斯，1982 年移居加拿大，现居法国）在他所著的《夜晚的书斋》中这样写道：“文字创造了光。夜幕降临了，古代美索不达米亚人想继续他的阅读活动；罗马人想在晚饭后继续研读文件；晚祷后的僧侣坐在寺院斗室内，学者待在书房内；大臣退回到私室，贵妇回到闺房；小孩在熄灯后还想躲在被窝里看书——所有这些人都需要光来照明。在马德里考古博物馆内有一盏油灯，公元 79 年火山爆发之前，老普林尼在油灯下读了最后一次书，然后走向死亡。在安达略州的斯特拉福德，有一个孤零零的蜡烛台，它的主人吹嘘说是莎士比亚时代的产品，也许烛台上的蜡烛被麦克白视为生命短暂的象征，就像他自己的生命一样。灯光照亮着但丁流放在拉韦纳的阅读活动，拉辛在波特——罗亚尔寺院中的阅读活动，司汤达在罗马，德·昆西在伦敦的阅读活动；所有这些灯光都是由书中的文字召唤而来，都是文字帮助了光明的诞生。”

一次愉悦的阅读，不仅是一次快乐的旅行，而且交上了一个永恒的朋友，它从不说三道四，静默于那里——那个你发现它的地方，然后使你丰盈和醒悟，使你变得聪明和自省，最终克服怯懦和自卑，变得坚强和自信。我和某一个有可能出现的人面对面地坐着，我几乎能听懂他所表达的一切，而我则尽可能地让他能听懂我所说的——阅读就是这样培养了我的自信，并最终让我对这个世界充满了怜悯和宽容。我不知道，一个人的一生，如果仅仅是只是阅读，而从未有去尝试着写下来，那会是一种什么样的情景？用漫长的时间作为赌注，这样有些夸张与不明智。人生中最好的阅读时光应该是在初中、高中和大学时期，然而，现在，各种学位、欲望的存在搅乱了学生们阅读的乐趣，更多的人更热衷于急功近利的事情；这不能怪罪于那些青春期的孩子，如同我们在快节奏下的生存与艺术的存在是一对矛盾一样，我们只有努力地去调校，让世界性的快节奏慢下来——一切的艺术都需要在缓慢中进行，写作和阅读也不能逃脱。什么时候能静下来，时间犹如缓缓张开的剪刀，剔除我们生活的杂芜。我曾经在刚到昆明的五六年的时间里静安于我的书斋之中，享受到了这种缓慢带来的愉悦，然后，生存的现实随之而至，重进这个混乱秩序，每年我都会给自己定下一个目标：一年读四本书。这样的阅读量并不多，一年一年过去了，我的秩序依然混乱，有时候回过头去，我连一本书都没有读完。感叹时间流逝的同时，也自责于自己对于时光的蹉跎。偶尔与文友们小聚，我开始嫉忌他们的写作和他们拥有的轻闲时光。我知道，这是我的内心在作怪——我对阅读文字始终不离不弃。因为我需要光明。

《鲸》是我半个月前刚读完的一部作品，诅咒的时刻在夜幕来临时降临，丑陋的老妇借助巫师之口发出了可怕的鬼语，复仇的火神将数百人推入火海中，盲目的热情和欲望，愚蠢的魅惑和无知，令人难以置信的幸运与误会，残忍的杀戮和流浪，奇异的变身和矛盾，极度的曲折荣辱和兴衰都烟消云散……而床头上摆放着昆明散文家刘光平的《一个人的漫游》；《黑塞之中国》已经摆放了一段时间；《滇西基督都史》也列入了我的读书计划；还有村上春树的《远方鼓声》《边境·近境》也等着我去阅读……现在，我需要安静、缓慢下来，需要这些文字带来的光。

翠湖的味道

杨浩

岁月如歌，转眼，40 多年过去了，那过去了的，的确，像普希金说的，将成为永久的怀念。

怀念快乐的童年时光，怀念童年时光中第一次来昆明的日子。

母亲领我从边陲小镇来到昆明，住在钱局街的姨妈家。姨妈的女儿是我的表姐，12 岁，大我 4 岁，高我一个头。如果把我的人生比喻为一碗甜白酒，那么，表姐就是那撮至关重要的酒药，没有她当年的点拨，就不可能有我如今的发酵。

一个四合小院，院中一方冰冰发凉的石桌，一棵淡淡飘香的缅桂花，为低矮衰败的小院营造出厚实又温馨的家庭氛围。

清晨的第一件事，表姐打开蜂窝煤的封盖，一股浓烈的煤烟味扑面而来，这是我所生长的边陲小镇从未有过的味道，它刺鼻，而又刺激，充满新鲜和神秘，那看不见火苗的蜂窝煤，黑乎乎的，圆圆的，有菠萝那么大，上下两个截面，布满圆孔，放进炉子一会儿，便发出橙黄的光热，像蛋黄那么柔和、温热，不像我们边陲小镇烧的柴火，噼里啪啦，热烈而火爆，舞蹈的火舌，舔着锅边，舔着灶台，稍不留意，就会舔着灶肚前边凑火边看连环画的我，被烧着的刘海“吱”的一声冒出焦糊味，惊得人按熄燃烧的刘海，滑落迷人的连环画。蜂窝煤，像城里人，温文尔雅，不急不躁，即便你大胆将手掌伸到蛋黄样的火苗上，迅速数1、2、3、4、5、6、7、8、9、10，勇敢的手掌也不会起泡。

清晨的第二件事，洗漱，水龙头哗哗流淌的自来水，流露出一股像石灰水的味道，诡异而诱惑。表姐解释，这是漂白粉，专门为自来水消毒的。难道，你们的自来水有毒？不，不是有毒，是有细菌。细菌是什么东西？表姐进一步解释，细菌是看不见的小虫虫，不用漂白粉消毒，这些千千万万的小虫虫吃进肚子里就会肚子疼，就会害病。

我们从来不吃漂白粉消毒的水，吃汩汩冒清泉的井水，怎么不肚子疼，不害病呢？12岁的表姐，纳闷片刻，找到一个有力的证据，你们是边疆，我们是城市。

清晨的第三件事，吃完早点，表姐领我出门，往钱局街上走一百米左右，一个小小的十字路口，左边是染布巷，右边是仓园巷，沿仓园巷两边同样低矮衰败的四合院，牵着表姐的手一路走，穿过一条柏油路，就看见翠湖，这是表姐整个假期的任务——领我到翠湖玩。表姐手心握着姨妈给的门票钱，儿童票一人5分钱，我们俩共一毛钱。表姐扑闪着水灵灵的大眼睛，牵紧我的手，绕过翠湖西门，来到一处低洼的被攀爬出深凹脚印的围墙根，狡黠地说，爬进去，省下一毛钱，我们买冰棒吃。在表姐的指导和示范下，我跟着她爬进了翠湖。绕着翠湖的一潭碧水走下来，坐在长满青草的湖边，躲在垂柳的绿荫下，吃着表姐买的冰棒，听着表姐自以为是的讲述。翠湖边有小白兔爱吃的奶浆草；有嗓子疼屙眼屎时母亲揪来熬水给我喝的清热解毒的癞蛤蟆叶，学名叫车前子；有我和表姐用来打赌的狗尾巴草；有蟋蟀的清唱和蛙群的合声；更有的是，飘荡在风中的丝丝腥味，也是我不曾闻过的味道。表姐摇头晃脑地说，这，就是翠湖的味道，水草鱼腥的味道，清凉，清爽。这，也是大海的味道。说罢，表姐仰起头，遥望高天，满眼神往，仿佛她不是坐在翠湖边的草地上，而是坐在大海边的沙滩上。表姐惋惜地说，翠湖，在很久很久以前，连着滇池。滇池有五百里，差不多抵得上大海了。滇池在很久很久以前，肯定不止五百里，肯定是大海。后来，是一座又一座的大山长大了，长高了，把滇池挤小了，挤出一个角，挤出了一个翠湖。不然，翠湖怎么会遗留着大海的味道、水草鱼腥的味道呢？

蜂窝煤的烟熏，漂白粉的诡异，还有水草鱼腥，这三种味道，是翠湖给予一个边陲女孩儿的见面礼，让她通过味觉抵达这座城市的心腹，甚至抵达辽阔的大海。在我稚嫩的记忆中，城市——昆明，是通过翠湖向我传递它的味道，感知它的心跳，一如多年后我 18 岁的初恋，打动我的竟然是一场篮球赛结束时那个潇洒的中锋身上散发出的男子汉的汗味。

连续几年，年年跟母亲从边陲小镇来昆明，来钱局街的姨妈家，短则十来天，长则半把年。表姐和我身高的差距渐渐缩小，我俩的年龄渐渐长大。关于翠湖的味道，表姐有了更多的得意。关上四合小院的两扇大门，踏进钱局街的青石板路，表姐的得意滔滔不绝：很久很久以前，我们家这条街上有个工厂，造币厂，就是造钱的工厂，用我们云南生产的铜，造铜钱，那种钱，叫唐头，叫半开。因为有这个造钱厂，这条街就叫钱局街。钱局——钱聚，占着口风吉利，来钱局街做生意的人越来越多，有钱人也越来越多。有钱了，就可以读书上学，上大学。我们钱局街出过一个有名的才子——陈一得，云南气象学和天文学的奠基人，曾以第一名的成绩考取比利时的留学生，遗憾未能成行。陈一得在钱局街家中的屋顶上架设了云南第一个、全国第二个私立气象测候所，首创全国第一个天文观测仪“步天观”，绘制了云南第一幅“昆明恒星图”，筹建了云南第一个公立气象测候所，第一个在云南推行标准时制，西山上的“一得测候所”就是以他的名字命名的。我们钱局街还出过一个佳人，其实是个才女——缪嘉蕙，曾被太后召进宫当她的书画老师，人称缪姑太。我们钱局街……

左一个我们钱局街，右一个我们钱局街，我忍受不了表姐一脸的得意，好像钱局街是她家的，好像陈一得、缪嘉蕙这些个才子佳人是她的家人。走到十字路口，我打断她，指着左边的染布巷问，很久很久以前，这里是不是家家户户院心里都支着个大染缸，空气中飘荡着热烘烘的染布气息？右边的仓园巷是不是家家户户仓廪实而知礼仪，二气得狠？

表姐“扑哧”一声笑了，她知道我心里不服气，故意说二气。老昆明人不说二气，说钱局街的烟囱，这就是二气了。钱局街的烟囱——二气，是老昆明的歇后语，源于那很久很久以前的造币厂有两根烟囱，冒出两股浓烟——二气。二气，在昆明方言里是了不起、稀奇、骄傲、神气、得意、自以为是的意思。

我看不见的这些历史，一一刻在表姐的脑海。我看得见的是，罗马柱支撑的科技馆和翠湖宾馆，时尚大气的建筑，镇住了边陲小镇的小女孩儿，我总会驻足凝视半天。

环绕翠湖一圈，表姐如数家珍，仿佛环绕翠湖的一圈柏油马路是一根金项链，把她讲述的一颗颗珍珠串联起来，翠湖，真是镶嵌在这根光彩夺目的项链上的一块翡翠。她，不得意行吗？

照样爬进翠湖，照样省下一毛钱买冰棒。一任云卷云舒，一如花开花落，女孩儿长成少女。春风拂面，垂柳依依，絮絮叨叨的讲述中，多了少女五彩的憧憬。

我总有一天要到大海边，表姐说，我喜欢这股翠湖的味道，闻着这水草鱼腥，我会怦然心动，好像迎面走来我的恋人。

我巴眨着眼睛问，怎么才能到大海边呢？

读书啊，拼命读书，书中自有黄金屋，书中自有颜如玉。我们所有的愿望，都可以通过读书实现啊！不信，来，用狗尾巴草打赌，你输了，明天的冰棒归我。表姐顺手扯来两根毛茸茸的狗尾巴草，递给我一根。按照游戏规则，我们将狗尾巴草的根茎中部撕开一道口子，将毛茸茸的狗尾巴穿过对方的口子，喊一二三，猛地一拉，谁的狗尾巴草断了，谁就输了。喊口令的是表姐，主动权把握在她手里，赢的当然是她，我悻悻然。

我早就不看连环画了，看莎士比亚，看卢梭，看柏拉图，看弗洛伊德，看牛顿，看欧几里得，看毕达哥拉斯……

所有的愿望，都可以通过读书实现啊！表姐这句话，成为箴言，成为酒药，酿造了她的芬芳，也酿造了我的甘醇。她留学美国，留在夏威夷，留在大海边，我那爱说很久很久的表姐，到大海边很久很久了。

很久很久以前，我也离开了边陲小镇，来到翠湖边，来到紧挨翠湖的《边疆文学》编辑部，读书，读书，再读书，一页页翻过四季春秋如流水，一篇篇写下人间正道是沧桑。

钱局街改造了，拓宽了。姨妈家的四合院，连同姨妈一样，走完了各自的人生历程，消失在人们的视野中。

表姐每年过年都要回来。即便昆明举目无亲，也要回来看看翠湖，闻闻翠湖的味道。蜕变得一身洋装却丝毫不二气的表姐，用浓重的乡音表达出满腔的乡愁。

如今的翠湖，美得精致，美得经典，美得风韵十足。湖边虽然没有了奶浆草、癞蛤蟆叶和狗尾巴草，但精心修葺的翠湖，石栏，彩灯，花台，楼阁，一步一风景，一边一幅画，特别是 1985 年以来，每年初冬至翌年春末，从西伯利亚飞临的红嘴鸥，带来大海的请柬，带来天堂的祝福。一个个美丽洁白的精灵，盘旋在翠湖上空，仿佛演奏一曲新版的《翠湖春晓》，令人心旷神怡。

和表姐坐在夕阳西下的翠湖边，品茗陈香的普洱茶，人到中年的我们，谈人生、谈生活、谈内心的感受和精神的品质，最后，落脚到翠湖，落脚到翠湖的味道。

突然，我们都不说话了，默默对视良久，心有灵犀一点通，几乎异口同声地说，原来，那远逝的蜂窝煤、那淡去的漂白粉、那依旧的水草鱼腥，都不是翠湖的味道呢。

翠湖的味道，是镌刻在表姐心中、激荡在我脑海中的那一颗颗璀璨的珍珠——翠湖的人文历史和地域血脉，是它们，温暖着翠湖周边一个个布衣百姓的心灵，温润着翠湖周边一片片随日干涸的心田。

正是弥漫在翠湖周边的浓郁文化气息，航标灯一样照亮了我和表姐远航的彼岸，使我们越走越远，越走越近。

哦，翠湖，莫不是大海的心脏吗？那一座座高山，哪里能挡得住翠湖的脚步？开放的昆明，日新月异，改革的旋律，波涛滚滚，那一座座高山，唱响的是一排排后浪推前浪的凯歌啊……

从故乡启程

黄玲

一

1982年1月地处滇东北的昭通，春寒嵺峭。环城路上的白杨树只剩下光秃秃的枝干直指青灰色的天空。偶尔有一片漏网的枯叶，也在风中无声瑟缩。这是一个适宜远行游子，在风中书写离愁别恨的季节。求学四年从北方归来，一脚踏上故乡的土地，心便被迷惘与寂寥紧锁。昭通的北风从北部的砖家丫口刮来，冷硬异常，直抵心底最脆弱的部分。

1982年1月的昭通和2005年1月的昭通有什么不同？似乎没有眼下这般嘈杂、喧哗，城市上空飘荡着淡淡的煤烟气息，行人穿着厚厚的中式棉袄，地处闹市陡街的商铺门前，不时能见到冒烟的“烘笼”和刚刚生着的小火炉，懒洋洋的商人倚在柜台上看街景。铺天盖地的广告还没有入侵城市的肌肤，人们踏着稳健的步子按时上下班，女孩子们都把头发扎成马尾巴或者扎两把小刷子，不会描眉化妆，更不敢想象有一天还能穿上露肚脐的时装。小孩子们都背单肩书包上学，老人们穿长衫袖着手坐在花坛边发呆。人事局女局长刻板的脸像皱皱巴巴的抹布，没有一丝表情。分配的通知单拿在手中不可更改，没有选择的权利。时间的列车在计划经济的控制下按部就班地进站。辕门口小摊上的油糕被炸得“吱吱”响，饵快在炭火的烘烤下一点点变软变糯，烧洋芋的香味永恒地统治着昭通人的味觉。年关临近，乡亲们也袖着手背着背篓进城来看年货的行情，计划着买鞭炮、买酒、买布、买年画，买一份高兴回去犒劳自己。牛车不可以进城，就停在南门外吃草。牛脖子上的铜铃被冷风碰撞出乐音，传得格外寂寥幽远。

1982年的人和2005年的人有什么不同？那时年轻的身体像风中的树，清瘦飘逸，一无所有。只有未来还握在手中。像一只被拴住翅膀的鸟，心却不可禁锢，做着展翅飞翔的梦。梦见春天的树、夏天的藤、秋天的金黄，让梦缤纷出温暖的诗意。

二

因为风太硬，草枯黄，因为心的不甘寂寞，便总想着逃离。那些声称热爱故乡的人其实都不在故乡，距离远了才能审美。站在故乡的土地上，浓浓的煤烟熏得人泪水恣意横流。太多的寂寥缠绕着灵魂，连梦也飞不高，只能在低空的冷风和云层下挣扎。

幸好，人生还有另一种选择。还有那么多不甘寂寞的生命在寻求突围的路。

1986年的昭通大地有一股春潮在涌动。文学的梦想把许多人集合到一起，要为一块贫瘠得只剩下梦的土地播下理想的种子。那时的宋家宏、夏天敏都还年轻，甚至狂妄，号称要让文学的种子在故乡的土地上“绿满荒原”，于是就有了“荒原”文学社的诞生（二人分别任社长和副社长）。接着又有了由宋家宏和蒋仲文主持选编的以“荒原”命名的第一本昭通新诗选问世。绿色的封面上几颗星星闪烁，远方是一抹树的绿荫荡漾诗意。这是一本简陋的书，承载的却是不可再来的生命激情和青春的梦境。它几乎囊括了当时昭通大地上所有热爱文学的人的诗作。一共收入 63 位作者的 115 首诗。我相信很多人的书架上至今一定还珍藏着这本书，珍藏着一个美丽的、不可重复的童话！

那是一个让人浮想联翩、激情澎湃的年代。

金钱、欲望、世俗如退潮一样远去，淡去；激情、理想则如春雷般震人魂魄。人不可以选择出生地，我们来到这个世界注定了只能在重峦叠嶂的群山怀抱生息，做远离都市的人，可没有什么能阻挡心骄傲的飞翔。那些略显粗糙、直白的诗句就是这一群渴望飞翔、突围的生命美丽的翅膀："让命运的风暴肆虐吧 / 不屈的双臂就是我的船桨 / 也许大海重归平静 / 天空洒满阳光 / 也许我葬身鱼腹 / 海天迷茫 / 那就让我的灵魂 / 去继续艰难的远航。"（宋家宏《远航》）现在读这首诗，依旧会感动。往事像雾一样迷蒙双眼，心灵浸透了人生的五味。

1986 年秋天的某个夜晚，一群人聚集在县委党校铁云峰那间简陋的宿舍里，喝酒、吃牛肉干、聊文学。在酒的燃烧下，一人一句，集体创作了一首名为《恶之花》的诗，记得是十分精彩的，后来还发表在《荒原》报上。那群人如今再聚到一起，还会谈文学、写诗，让激情在诗行中张扬吗？毕竟现在离1986年的秋天已经非常遥远了，一切都恍若是在梦中。正因为如此，那个秋天的夜晚才会让人刻骨铭心。

那时，文学就是一面无形的旗帜，爱它的人会自觉地聚集到一起。为了互相激励、较劲，朋友们约定，谁在全国的大刊物上发表作品，大家要为他庆贺，请他喝酒。1988年宋家宏率先在《文学评论》上发表文章时，朋友们果然如约提了酒到家里来祝贺。一群人喝得豪情满怀，诗意灿烂，在文学的梦中沉醉不醒。那时，文学上的成功不全是个人的事，是可以和朋友分享，可以理直气壮地张扬的光荣。我们贫穷，穷得只剩下青春的理想和激情；我们曾经生活得如此纯洁，如此富有诗意！我常常为那个时代的往事感动。我那个清贫的家，也曾经是文学的港口，停泊友情，起航梦想和追求。和宋家宏一起为办《荒原报》付出时间、心血。为别人说开夫妻店而烦恼。现在回头去看，没准人家是在夸你呢，文学夫妻店也不是谁想开就可以开的。

站在2005年的门槛上回看往事，一起都因时间的流逝变得模糊而温情脉脉。岁月的网过滤了生活的杂质，留下往事如烟。记忆被凝固成镜框里的干花。一旦浸泡在温度适宜的水里，它会让曾经的美丽一点点重现、复原，温暖心灵。

三

山外的世界很精彩，山外的世界很无奈。上天给人一双脚，就是让他不断地跋涉，去寻觅梦想和希望。滇西腾冲有一个和顺乡，20世纪，那里的男人们沿着山道走出国门，走到“夷方”，走出商道，走出财富和商旅文化。被人称为“亚洲西部云南山里人生命突围的范本”。作为滇东北的昭通人，要走出大山的困扰，走向外面的世界，更多了些艰难险阻。山高水险路漫漫，路在脚下。不安分的心总是期望逃离，山太高会形成屏障，生命的突围就成了永恒的梦想。

1994 年的春天是在无止境的等待中度过的。在计划经济体制下，调动成了生命突围的一个重要契机。在北方平原上度过的四年时光，让我对远方心驰神往，总以为远方的风景最美丽，远方的希望最诱人。那些寂寞的日子里，曾经给遥远的地方写信，渴望逃离到一个可以承载梦幻的地方。远方始终是一个不醒的梦。

当逃离故乡的愿望真实地逼近眼前时，心却陷入了惶惑。此时才发现，有许多东西是无法割舍的。在饯行的宴会上，时任地区作协主席蒋仲文举起酒杯诚挚地说了一番让人难忘的话语。记得其中两句是说："如果你们到了玉溪只顾挣钱而扔下了文学，我就要拿着你们以往发表的文章扔到你们桌上，当面读给你们听！"宋家宏一向是个很刚硬的男人，此时我却看见他早已泪盈眼眶。

其实，文学早已经是深入骨髓的根，怎么会因为金钱而溃败呢！哪怕这辈子注定了不可能写成大家，名扬四海；不可能写出金钱和名利，也不会放下手中的笔。人生需要有梦有家园，文学就是通向美丽家园的桥梁。

朋友的关心总是令人难忘，是人生不可缺少的明亮的希望。

四

对年轻的生命来说，逃离是突围的重要方式。就像十八岁时渴望从父母的翅羽下逃出温情，奔向遥远的北方平原。不安分的心跳犹如马蹄声敲击着青春的鼓点。只是逃离来得太晚，多了人生的种种羁绊，变得不那么诗意，多了几分苍凉和无奈。和故乡的告别也不像年轻时那么果敢、决绝。每走一步脚步总有些滞塞，扑面的风也清冷暧昧。

从滇东北到滇中，不过是下跳棋的方式，在迂回中游戏。似乎离昆明近了，离文学的成功也就近了。更何况，玉溪是一个阳光明媚的滇中小城，十二月的天空下有灿烂如霞的野樱桃花盛开，树叶镶着淡黄的金边，冬天只是时间意义上的冬天。城中有几条古旧的街道大多是木质结构，低矮，简朴，却又有一种不容忽视的庄重。小城人不多，清爽宜人。走遍全城，也遇不到一个认识的人。可以像一个旅行者那样在大街小巷自由地穿梭，任心灵随着脚步漂泊流浪。

玉溪的天空似乎比昆明还要蔚蓝，气温也要高出一两度。一年四季风轻云淡，轻松、慵懒，人说话的声音绵绵地透着缜密，不会发 g、k、h 的音，把哥哥叫成“窝窝”。这是一个多么适合温暖地生存的地方。和故乡的冷、硬、刚相比，这里更多的是温软与舒适。不必像寒号鸟一样为过冬到处奔波操劳，这里随便往地上插一根树棍，也会开花结果。从贫穷的故乡漂泊到此的我们，曾经饱受那些富裕目光的同情和抚摸，让人不禁生出从糠箩跳到米箩般的幸运。生活突然间变得很简单：上课，挣钱；挣钱，上课，扔了单车买摩托……为快速致富而努力。永远不会有人问，你真正需要的是什么？

只有心知道，漂泊是为了更好地回望，远行是为了思念的绵长。

心灵是什么？就是那双不安分的翅膀，总是煽动出奔逃和背叛。

故乡已经变得遥远，脚下的土地写着不可改变的隔膜。我们成了没有故乡的人。像无根的浮萍，在水面飘泊。忍不住要想，故乡是什么？是那块生你养你，早已经为你的生命设置好不可更改密码的土地。让你又爱又恨，却无法无动于衷。你走得再远，走不出它宽广的怀抱。

很多个黄昏，和宋家宏骑摩托飞驰过玉溪的暮色。北边一条新修的街道，宽阔无比，却因为偏僻少有人和车辆。紧紧搂住他的腰，让风吹乱头发，在暮色中飞扬出诗意。飞驰的过程令人激动、快慰。而飞驰后的沉寂更令心落寞。

很多个夜晚，只有书房的灯光明媚，电脑键盘单调的敲击声犹如遥远的鼓音，叩击着一块沉寂的土地。一个朋友说过：除了写作，我们还能做什么？两个人的六年，写了三本书，勉强是对自己的一个交代。

还有友情，曾经像星光一样温暖心灵。只要是朋友，总会从遥远的地方为我们送来牵挂和暖意。打来电话，甚至登门探望。能在红塔山上请远道而来的朋友喝一杯清茶，聊聊文学，这曾经是多么浪漫温馨的记忆！偶尔掰着手指数数他们的名字，想想他们变得有些陌生的面影，唤回的是一份温情的惆怅。

六年时光飞逝，记忆中留下的只有那座孤寂的红塔。和命运较劲，似乎已经成了不可改变的轨迹。

五

2004年初春，昭通山野还残留着未化的雪迹。在阳光映照下，小草的芽却已经在地表下面拱动出春意。我坐上一辆破旧的中巴车沿着盘旋的山间公路不断上升。此行的目的地是大山包，一个地理位置偏远，以出产土豆和荞麦闻名的山乡。近几年还有一个吸引人眼球的景物，那就是黑颈鹤，它们的光临为大山包带来了不俗的声誉。

同样是北方飞来过冬的鸟，红嘴鸥选择昆明，不避闹市的喧哗，寻求世人的投食和喂养。黑颈鹤却偏偏选择一个偏远落后，但天蓝云淡有如镜般明亮湖泊的地方落脚。它清高孤傲，叫声清越明亮，带着追求梦想的灵魂在高原的天空下翩翩起舞。那是多么优美，难得一见的舞蹈！我沿着乡镇旁边的一条小溪顺流而上，在一片湿地旁的田野里目睹了这一群精灵的欢舞。它们的身影灵动，透着不与世俗和解的孤傲。细长的脚支撑着身子，在田野里觅食。

人是不可能靠近的，稍有动静，它们就警觉起来，马上飞到空中盘旋，在人的头顶起舞，长鸣，让你可望不可即。很少有单只的鹤，都是一群群从头顶飞过，排成长而整齐的队列。

忍不住要想：它们的家园在哪里？万里迢迢飞到这里是为了寻觅什么？也许是生命中注定了必须有跋涉的旅程，才会有诗意盛开。

那些被称作“昭通作家群”的人们，恐怕没有人没来过大山包。相信每个人都来过，而且不止一次。这是一块心灵的圣地，每个人都会从这里找到自己需要的源泉。在如此纯净蔚蓝的天空下，渴望像黑颈鹤一样振翅飞翔，是一个美丽的梦想。

这是一个悖论，在贫穷落后到让人怜悯的地方，却有着如此灿烂的风景。凡是来过这里，目睹过鹤之灵舞的人，无论他走得多远，梦里一定会留下鹤们翩跹的身影。尤其是那些在昭通土地上开始文学梦想的人，一个个飞离故乡，飞向远方去寻觅温暖，寻觅梦想。他们的梦乡一定有黑颈鹤悠远的长鸣在回响。

听朋友说，现在从昭通开往昆明的班车上，每天都有大量让昆明人不以为然的东西被带上来，输送给那些在昆明定居的昭通人享用。比如洋芋、荞面、豌豆凉粉、炸好的油糕。一位女孩子甚至指定母亲专门给她买一中门前那家炸的油糕带上来，还要加上荞皮。这些在别人看来琐屑、可笑的事物，包含的是某种精神和心灵的传承。故乡不是仅仅用来填表时用的几个字，而是实实在在的事物，萦绕在你的灵魂周围。

你启程了，你的脚步走出很远很远，但是你的身影永远走不出故乡的视线。

2004年初春的我，独自一人在大山包那片荒漠的山野上流连许久，我不知道自己在寻觅什么，只是停不下行走的脚步。亘古洪荒般的沉寂，催动人的脚步匆匆。头顶有鹤影翩然飞过，那一声声悠远的长鸣，牵引出的是心底涌动的春潮。我爱这些孤傲的生命，它们是天地间的精灵，是故乡天空下最美丽的诗意！

六

文学是寻找家园的旅程。远方的声音吸引启程的脚步，却不知道终点在何处。既然启程，只有不停地走下去，寻觅、跋涉，将是永远的努力。

2005年1月，母亲打来电话，说昭通下了一场很大的雪，街道、阳台都堆上了厚厚的一层，孩子们堆了老大的雪人。突然很想念昭通城上空飘荡过的那种呛人的煤烟的气味，还有街边那些火盆中烘烤成金黄的洋芋的香味。想起乡间田野中牛车吱吱的缓慢的行进声，和那一份稳重实沉的生活。年迈的外婆守在大路边，第一个从乡村邮递员手中接过大学录取通知书，迈着仓促的步子把它交到我手里时那声惊喜的呼唤，满脸皱纹中溢出的灿烂笑意，仿佛就盛开在昨天的风里。想起篱笆后面的青菜，担水时水桶发出的咯吱咯吱的声音，心就会莫名地战栗。从2005年的窗口回望，那些零落的碎片闪着动人的光泽。

走了很远很远之后才发现，当初最想逃离的，却是记忆中最温馨、最忧伤的部分。跋涉让心疲累，但是生命也在“走”的旅程中变得丰盈、充实。

感谢故乡，感谢文学。身体注定了只能在大地上行走，它们却给了我让心灵在天空飞翔的翅膀。想起印度诗人泰戈尔的一句话：天空没有留下飞鸟的痕迹，但我已经飞过。

旧故乡

左中美

小城漾濞的底蕴是旧的。不说别的，单凭它以集镇的形式保存六百多年的历史，已足够滋养出一种淡定、温婉的旧来。

那段不算太长也不算太短的历史，更多地凭依于一条古道、一湾江流。古道是西南丝绸古道，是包括漾濞在内的滇西南境内长长的一段，又被称为“博南古道”。据说，这西南丝绸古道发端于两千多年前，在时间上，早于西北丝绸之路。最初作为古道上人马驿站的小镇漾濞，是被古道的风尘和赶马人的汗水滋养出来的一个小小埠头。那一湾江流是漾濞江，它恒久地流过小镇的脚下，在这里打了一个柔和的弯，之后，往远处去了。史书上没有说，这同样名为漾濞的小镇和江流，到底是镇因江而得名，还是江因镇而流传。人们只知道，一直以来，它们便相依相伴，不可分割。书上倒是有说到，漾濞在历史上曾名为“样备”，是南诏时期的一个小诏。想必那时，这江同样也是名为“样备”的。

称谓的变迁，讲述的本是一种被时光深深浸染的过程。在小城漾濞临江的一隅，在漾濞作为集镇的最初发源地，仍保留着一条旧街，街的名字在几经变迁后又回复本然，名为“博南”。旧旧的古街，两旁许多旧旧的房子，上面几方旧旧的窗。石子铺的安静的小街，适合在傍晚的时候慢慢散步。我曾在一次傍晚散步的时候，在一方旧旧的大门上，读到三个不同年代的门牌。三个从旧到新排列的门牌，诉说着已逝时光的记忆。

旧旧的老城，适于生长那些过去的、温暖的怀想。一位少小离乡的友人，曾向我忆起他的旧漾濞——这个在他的生命里不能抹去的故乡，以及故乡夏天的雨。那个永远停留在记忆深处的夏日，雨安静地下，空气清新且带着凉意。一个少年站在楼上，凭窗看对面的山在雨中一片迷蒙，看屋檐上的雨水落进瓦沟里、落在瓦浆草上。故乡夏天的雨，在离乡的漫长岁月里，下成他心头的诗。

小城漾濞是少有人种荷的。有一年夏天，我在雪山河二大桥下看到一畦荷田。我在一次次傍晚的散步中，看碧绿的荷叶慢慢铺满水面，之后，终于看见一朵一朵洁白的荷花开在那一片片绿叶间。为着那一方小小的动人风景，许多个傍晚，我总忍不住要从那桥上走过，走过绿叶，走过花，走过一段清雅的心情。次年夏天来时，桥下依旧出现了一方荷田，只是位置从河的那边换到了河的这边。绿绿的荷叶，婷婷的荷花。只是那样一方荷田，便宁静了小城的夏天。

只是那样两个夏天。两个夏天之后，桥下的荷田便不见了。此后夏天的桥下，只剩朴素的稻田。桥下不见了荷田，却有荷花开在怀念中的夏天。“记得淮安还有马厂都有人种荷的。”朋友说。淮安和马厂是小城郊外的两个小坝子。从小城往里走是淮安，从小城往外走是马厂。从县城往州府的公路笔直地穿过马厂坝子。夏天的马厂坝子，公路两旁映入眼帘的总是碧绿的稻田。不知道是不是因为人在车上来不及看仔细，所以才看不见那些开在夏天深处的荷。

淮安的荷我有一年却见过——我看见的是一畦即将收获的荷田。那是一年秋天，县里组织一次田野采风。那时节，绿风长长的夏天已经过去了，淮安的田野里到处是稻谷收获后沉静安宁的景象。在一大片收获后的稻田间，我看到了一畦荷田。田里的荷叶已然枯败，水已经放干，看样子，农人就快要来收获这畦荷田了。一畦快要收获的荷田，犹如一枚即将被采摘的记忆。若是将它逆着季节打开，那些婷婷的荷，便静静地开在夏天的雨里。

农人们在田里种荷，离乡的人在时光里种植记忆。一座桥，一方寺院，一个地名，一种风俗，点点滴滴，丝丝缕缕。那些旧旧的地名，那些旧旧的山水，一如农人种下的荷，一枝一叶，在怀念的心里，长成旧日故乡的模样。

其实这么多年，小城漾濞也有许多变化。县城不断向东、向北发展，道路不断增多。城中的雪山河上，先后有了一大桥、二大桥，马上，还将修起三大桥。在不远的将来，还将有更大的跨漾濞江大桥，让县城延伸到漾濞江南岸。春日的傍晚，在雪山河一大桥以及旁边的核桃文化广场上，总有许多老人和孩子在放风筝。彩色的风筝乘着明净的风，静静地飞在小城碧蓝的天空里。

而老街依然在那里，在城下临江的一隅，安静地，保持着它那一份固有的淡定、温婉的旧。这些年来，当各处的古街古镇不断地被翻新改造，重新盛装出场时，这条而今名为“博南”的漾濞老街却似一卷发黄的书，在稍稍漫漶的字迹里，缓缓讲述着那些往昔的岁月。这不曾刻意去改变的老街，是小城漾濞不愿刻意改变的旧情怀。

记得有一次，一位外地的作家来到漾濞，县文联主席招待他，并召集了大家在一块儿闲聊。饭后，作家直接提出要去老街走走，他说他到漾濞，就是冲着这老街来的。其实不只是他，几乎每一个冲着漾濞的旧时光而来的人，都会走到老街去，去看，去听，去读，去体味老街的那些往日时光。这么多年来，在几乎所有外地作家关于“漾濞”二字的文学讲述里，人们都能找到这条老街，以及这条老街上那些深深浅浅的往事。

除了个别特殊的年景，小城的夏天是多雨的。雨下在那半座老城上，下在老街旧旧的石板路上，总是比别处要多些韵味。那些落在旧瓦沟里的雨，斜斜地，将夏天划向深处。

在那夏天的深处，泊着一方旧旧的、向远的窗。

苦荞苦

项兆斌

苦荞苦。

我老家贵州盘县的高寒山区，多产苦荞。记得小时候荞粑粑、荞疙瘩、荞窝窝头常常做主粮吃。

山区人生活很艰苦，能吃上苦荞算是不错的了。再苦也得把它咽下去，再苦的活也得去做。每当我和弟弟叫苦的时候，妈妈最爱对我们讲的一句话就是："苦荞粑粑还没动边哦！"可当时，我们天天吃着苦荞，却不懂得这句话的意思。

盘县多山，只要有山，就有苦荞。你只要走进寨子，沿着那些崎岖蜿蜒的羊肠小道，顺着一条条山箐往高处走，只见在贫瘠的红土地上，一丛丛，一片片，疏密不匀，高高矮矮，都是苦荞。只要有点薄土，它就能生存，它从这个山坡爬到那个山坡，绕过这块石崖，又窜到那块陡坡上，潇洒随意，放眼望去，竟跑到了天边，跃上了云朵，你身前身后，头上脚下，荡荡然，一个天成的大花园……这时，你会忘却一切世间俗事，你会觉得自己就是云中仙，啥子人间的公园、花园、植物园，就是皇帝的御花园，你也会嫌它小气俗气。

高寒山区昼夜温差是很大的，早上十点多钟雾气才散去，阳光也才渐渐地暖起来。几阵凉风吹过，苦荞身上的露珠顿时不见了踪迹，它欣欣然绽开那洁白的小蕊，让娇小的身姿，在清风中尽情摇曳。周围一片寂静，只有翠鸟在争鸣。

就这样，苦荞以它与世无争的温良品性，成功地躲开了现代文明、恪守着刀耕火种的原始生命韵律，甘愿隐居在那终日与山风做伴的大山里，守护着山区这几十户人家的土坯房、青石板和房前屋后的瓜瓜豆豆，听着鸡鸣狗吠，眺望着堂屋里那个四季不灭的火塘……

苦荞是云中的精灵，它承载着太多太多大自然的神秘气息。它虽不出自名门，却超凡脱俗，一尘不染。

它白色的花瓣是那样羞涩优雅，叶子的线条是那样含蓄温柔，而饱满的果实，又是那样精致。

它简单朴实，无需浇水除草、杀虫施肥，自始至终只接纳大自然的恩赐。它只有奉献，没有索取，浑身是宝。叶子可以当菜吃，荞壳可以当枕头睡，既养颈又安神。

它虽然在无人喝彩的环境中长大，却洁身自爱、不为权贵折腰。

就这样苦荞带着大山的纯朴，散发着大自然的气息走进了我们的生活。我们应用童心去接纳它。当你品味它时，一定要屏息静气，忘却俗务，用绘画的眼睛去冥想，用音乐的耳朵去聆听七彩天地，那山、那水、那云，再穿上纯棉织物，餐桌上铺上一块蓝底白花的小碎花布，放上青花瓷瓶，插上三五枝野花，使用木筷子，一切简简单单，这样才能与它亲和。它会用缕缕甘苦与你交谈，把你的思绪带到那些人迹罕至的地方；或者把你带到幽谷中一片白色的小花丛里，让你久久徜徉……

经历人生的多次坎坷和磨难，妈妈的话“苦荞粑粑还没动边哦！”一次次响在我耳边。我终于悟出了这句话的含意。妈妈的话告诉了我，每当遭遇艰苦的时候，你要想到更多的苦、更大的苦还在后头，人生就是以艰苦酿造甜酒的过程。

苦荞苦，苦中有甘，苦尽甜来。它用最简朴且回味无穷的滋味，诠释了人生哲理。

它愿亲近心灵奔放、精神自由、酷爱自然的人；它追求简单、朴素，会与那些甘愿吃苦、在人生道路上另辟蹊径的人结下不解之缘。

是它一次一次地鼓舞我跌倒了又爬起来，是它让我懂得了苦中有乐、小苦小乐、大苦大乐、虽苦犹乐、先苦后乐的道理……我觉得人来到世上，你首先得付出，付出就是吃苦，人生就是通过吃苦付出，克服一个一个困难，如电灯电流通过钨丝，才会放出白炽的光芒……

“苦荞粑粑还没动边哦！”

我耳边又响起了妈妈的叮嘱。

母亲醉酒

朱华胜

忙完了手中的事，我松了一口气。抬起头来，西斜的晚阳透过窗户送进暖暖的光，这突然让我想起家乡的老屋，坐东朝西，也是这个时候，夕阳西沉，火红的晚霞洒满了我家院子，继而，扑进屋子里。

这正是母亲做晚饭的时候。太阳落山，父亲就要回来了，总是，人未进家，长长的影子先落在母亲的身边，然后，说一句："该吃晚饭啦。"

想到这里，我心底一抽，猛地生疼起来。父亲离开我们，离开与他朝夕相伴五十多年的妻子已经两年了。母亲对我说了几次："身边没有了你爹长长的影子，向着晚阳，也是冷的。"

我们四兄妹，心疼母亲，但不能像父亲那样，随时伴在她身边，只有经常去看望她。后来，我接她到我身边，她却不习惯，住了几天便坚决地回去了。弟弟妹妹家她也不去，只想待在老屋里。远在福州的小弟，做了几天的工作，终于说通母亲，接去福州。母亲打电话给我，说去住一年。高兴之余，我想，能住三个月就不错了，结果，一个月不到就回来了。

就这样，母亲成了我们兄弟姐妹心头的牵挂。每每夕阳西下时，我就给母亲打电话。

我正想着，手机的铃声骤然响起，是堂弟打来的：“大哥，你妈喝酒醉了，躺在院子里不醒。”我慌忙往老家赶去。

晚上十点钟，母亲才醒过来，问我：“儿啊，你怎么来了？”

我端了一碗红糖水给母亲，要她喝下。她听话，喝了。看到母亲似乎很自责的神情，我没有说话，但心里有些生气，心里埋怨。妈啊，我们都不在你的身边，你的安好成了我们最大的愿望，可你倒好，喝酒了，还把自己喝醉了，万一有个三长两短，叫我们如何是好，如何对得起先走了的父亲？

父亲在世时，与我说过，他最不放心的，就是我母亲。

此时此刻的母亲，花白的头发，干枯，凌乱。瘪瘪的嘴巴，微张着，喘着气。布满皱褶的脸，苍白、憔悴；虚弱的身子，消瘦、佝偻。我心里真不好受，强忍着，没让眼泪流出来。

我轻声对母亲说："妈，我爹呀，托梦给我了，让我告诉你，他知道你想他喝酒了，叫你千万别喝酒。你好好的就是他最大的念想，不然，我爹牵挂得很，在那边，他会不安的。"

母亲听了，沉默了好久，抿了一口红糖水，说："谁叫你爹提前走了呢？"

母亲睡了。我来到院子里，静静地站在母亲醉倒的地方。寡白的月亮，像磨得锃亮的镰刀，挂在树梢上。清冷的月光跌落下来，碎了一地。我的心，更凉了。

我走进隔壁堂弟家。

"大哥，不要担心，有我们在啊。三娘喝酒的事，我以为你们知道，已有些日子了，她几乎都是吃晚饭的时候喝，醉过几次了。”

我心里一酸，泪水，肆意滚落，眼里闪现出令人揪心的画面：残阳下，老屋的院子里，母亲瘦弱的身影，没有长长的影子陪伴，显得那么孤单。她喝酒了，望着父亲墓地的方向，一口，一口，又是一口，是想父亲了。就这样想着，喝着，喝着，想着，不知喝了多少，渐渐地，母亲醉酒了。

可是，喝醉了，就人事不知，难道，母亲不晓得？难道，醉了的母亲见得到父亲？

这一次，我多待了几天，陪母亲。到地里，扯豆角、拔白菜；在家里，拆洗被子、晒洗衣物。更多的时候，与母亲唠嗑时，趁机做她的工作，要接她去城里与我们一起住。母亲摇摇头，说：“你们那儿，我不去，离你爹太远了。”

灶房里，冒出淡淡的炊烟，在夕阳晕染下，通红通红的。正在灶房里捡大红豆子的母亲，脸也红红的。我看到，母亲脸颊滚落的泪水，也是红红的。母亲又在想父亲了。

我泡了一杯茶，端了过去，递给母亲。然后，我坐在火炉边，与母亲说话，谈心。谈我们的工作，说母亲的孙女孙子。

“妈，你看，我们这个年龄，正是做事的时候，尤其两个弟弟，他们正当年，工作做得好，前程无量。你的孙女呀，孙子呀，正在读高三，是考大学的关键时期。妈，不要你在这方面为我们担心，我们只要你好好的。你的身体好，我们就能做出好成绩。你的身体好，你的孙女、孙子，就能考上如愿的高等学府。你的身体好，在地下的父亲，也会好好的。”

母亲不断地催我走，叮嘱不能耽误工作，遇到应酬时，也要少喝酒。

临走时，她提来一个装有半桶白酒的白色塑料桶，交给我，说：“儿啊，把这个拿去吧，我不会再喝了。”

母亲这一举动，出乎我的意料，我这几日曾悄悄寻找母亲喝的酒，但没有找到。看来，母亲是下决心不喝酒了。

我望着母亲，打心眼里笑了起来。母亲望着我，也笑了。

闲之有境（外两篇）

顾晓蕊

朋友打来电话，约我去成都。她说，她在一期电视节目中看到成都，川味小吃、清朝古巷、老式茶馆……心动不已，想去那边走走。听她这么一说，我只觉一团绿意扑面而来，眼前浮现出被蒙蒙的烟雨晕染出的一幅令人惊艳的水墨画。这样想来，便欣然答应同往。

到了成都，已是下午六点多钟。天空中飘着微雨，我们到一家宾馆，放下行囊，出门坐上出租车，直奔宽窄巷子而去。路上，得知我们是来自外地的游客，司机热情地充当起解说员。

他说，宽窄巷子是有着明清遗风的古街，分为宽巷子、窄巷子和井巷子。那些古老的院落，原为清代八旗子弟驻扎之地，如今是本地人喜爱的休闲去处。他还讲了哪条街的小吃最地道，哪家茶馆最具幽幽古意。

这期间，朋友连着接了几个电话。她肩上挎着包，目光不时地瞥向它，手机铃声一响，立马掏出来接听。朋友是一家企业的高管，她常感慨工作忙，活得很累，一点都不快乐。彼时，她人在途中，心却徘徊在千里之外。

我望着车窗外的雨丝，心里抱怨着天气，再加上有些堵车，心情变得焦躁起来。我打断司机的话问道："离那儿还有多远？正赶上下雨天，这鬼天气，简直糟糕透了。"

司机缓缓说道："这个时间段容易堵车。你们来这里度假，不用那么赶的，可以慢慢地逛，沿途多看看街景。这毛毛雨下不大的，雨天行走在古巷中也别有一番情趣。"

我轻轻地"噢"了一声，不禁多看了他几眼。司机年纪在四十岁上下，身材微胖，衣着简朴，一个水样的男人。之前曾听说过，成都男人像盖碗茶，不温不火，想必便是他这样的吧。

他又说："把你们送到那里，我就要下班了。"我奇怪地问他："这会儿打车人多，能多挣些钱，你怎么这么早收工呢？"他郑重其事地解释道："约了朋友喝茶。"我有些不解地笑了笑。照他这么说来，喝茶似乎是一件极重要的事情。

下了车，沿着湿漉漉的青石板路向巷子深处走去。绿树红花掩映着的红檐青瓦上，金戈铁马的岁月印记依稀可辨，让人有种时光错乱的感觉。仅是店铺诗意的名字，就令我有目不暇接之感，莲上莲、养云轩、听香、花间、而已……

我边走边看，暗自猜测它们背后的故事。养云轩，是把一朵云养在心里吗？听香，是指聆听一朵花开的声音吗？还有而已，大概是说世间种种，如此而已。每一个名字，都透着禅意，细细读来唇齿生香。

在巷子里，吸引我的还有街边的老茶馆，那么闲散、诗意，透着丝丝缕缕的烟火气。可以邀上两三好友，在袅袅茶香中，度过一个下午或晚上，可以和好友有一搭没一搭地聊；还可以听评书、看川剧，或者干脆一个人发呆。

我想到那位司机说过的话，显然，他已经和这座城市融合在一起，彼此有着相通的精神气质。那是一种闲适的、风雅的，从骨子里透出来的淡然和自信。

我们总是以为，最美的风景在远方，远方牵引着我们的脚步。但是往往忽略了一点：如果心里没有风景，就算走上再远的路，也看不到期望中的景色。我把心里的感受说给朋友听，她若有所悟地点点头。

随后几天里，如丝的细雨沥沥地下个不停。我们又去了有“西蜀第一街”之称的锦里，到了位于西门外浣花溪畔的杜甫草堂，陶醉在都江堰的青山绿水间……朋友索性关掉手机，我也抱着随遇而安的心态，两个人一路走，洒落一地笑声。

回来后很长一段时间，我仍沉醉在成都的柔软时光里。这繁华之地，市井之所，处处透着闲散的生活气息，有着最贴心贴肺的暖意。

我买回一套茶具，杯上印着蓝莲花的图案，两条小鱼在花间自在地游着。晚饭后，喊爱人和女儿坐过来，为他们沏茶。之前经常熬夜写作，透出争分夺秒的紧迫感，现在不着急了，腾出时间陪家人。

有天周末，朋友来我家里小聚，闲聊中，发现她较以前改变了很多。

她盈盈地笑着，眉眼间浮着一团喜气。她说，自从对无聊的应酬说“不”，便有了空闲时间，有闲真好啊。她迷上了书法，每天闲下来就练字，临走还送了我一幅字。我打开一看，竟是一气呵成的草书：闲之有境。

许慎《说文解字》对闲的注释是：“阑也，从门，中有木。”在木栅栏围成的小院里，门前种树种花。坐在一棵花树下，看天，看云，看日出日落，看花木凋零。这一个“闲”字，皎皎如白月光，淌进了多少中国文人的田园梦里。

前些日子，我回老家看望父母，跟母亲讲起去成都的经历，讲起了成都人的闲适生活。母亲听得一头雾水，追问道：“你说啥？闲？不就是好吃懒做、无所事事吗？”

我一听哭笑不得，又不知如何解释。这时，坐在一旁的父亲慢悠悠地说：“忙中偷闲，闲里取乐。”我听后连连点头，开心地叫道：“还是老爸懂我！”

父亲作为一家的顶梁柱，辛苦劳碌一辈子，经历的苦楚可想而知。从我记事起，便知他有一个习惯——每天晚饭后，坐在一把旧式藤椅上喝茶。或许这些年来，正是袅袅茶香中升腾出的希望，使他越过尘世的苦寒，以平和的心态笑对人生。

闲，是一种生活态度，是懂得给生命留白。古人云：“‘闲’之一字，讨了无万便宜。”我想所谓讨了“便宜”，是抛开俗世的喧嚣，不纠缠于生活的枝蔓，给心灵存一份宁静，给自己留一份淡然。在这纷繁的尘世间，让我们怀一颗素心，安享闲适人生，随时光一起静静老去。

母爱是朵永不凋零的花

周末回家探望母亲，她正收拾衣柜。暗褐色的樟木箱子里，存放着早年的绣花枕套、床罩、门帘。母亲双手捧出，铺开来看了又看。那双褶皱纵横的手，轻轻地摩挲着；目光安详慈柔，仿佛抚过那些年的片羽时光。

我也凑近了细看，那是老绸布做成的绣品，或青枝碧叶，或花团丛簇，皆鲜亮清丽如初。望着这些老绣件，我心里溢满欢喜，恍惚间时光倒流，又回到了许多年前。

三十年前的那个初春，母亲带着我和弟弟随军去了部队，来到偏远的海岛上。小岛几乎与世隔绝，生活条件极为艰苦。父亲常年随舰艇出海，生活的重担落在母亲的肩上。

母亲生得细眉秀眼，身形娇小玲珑，仅一米五的个头。但生活的艰辛却难不倒她。安顿好后她便忙碌起来，在房前屋后翻地种菜，砌起窝棚喂鸡养鸭。母亲还接了绣花厂的活计。活计可带回家做，按件计酬，于是，她得了空闲就缝衣绣花。

在乡间长大的母亲，种地是把好手。母亲精心侍弄田地，每日翻地、浇水、施肥、锄草，干起活来绝不含糊。初春，她播下种子，西红柿、黄瓜、辣椒、豆角、青菜、玉米等，到了夏天已是青碧喜人，芬芳满园。

那几年间，母亲总是变着花样给我们做菜，我和弟弟的个头儿拔节似的往上蹿。她将汗滴甩进泥土里，培育出庄稼和蔬菜，喂养我们的骨骼与灵魂。

有一回放学回家，不见母亲。我进到园子里找她，在园中转了几圈，仍没见到母亲的影子，抬头往玉米地里一瞅，不觉失声笑了起来。她正戴着竹编的尖顶草帽，在高大的玉米丛里穿行。

我躬身钻进玉米地，看见她正在掰玉米棒子。高大的玉米植株整齐地挺立着，有的已然高过母亲的头顶，那一瞬间，母亲成了一株会行走的植物。

她慈祥、怜爱地微笑着，朗声自语道："这株长得好。好吧，就你了。"接着随手掰下玉米扔进筐里——她在跟庄稼说话，像是在检阅。宽大的叶子在风中"哗啦啦"地响，算是回应。

母亲的菜园也是一个大花园。她把从路边捡拾来的种子随手抛在园子的某个角落。喇叭花、凤仙花、美人蕉、草石竺等，开得繁富香郁。

母亲熟悉大地上的一切事物。她每天都要在园子里走上几圈，跟每一株植物对话，跟每一朵花谈心。许是她身上沾染了花粉和花的香气，又许是蜂儿蝶儿都跟她熟悉，只要她一进到园内，蜂儿蝶儿便环绕在她身边翩跹起舞。

母亲忙一会儿地里的活儿，再回到屋里坐到窗前绣花。她用绣花撑子绷紧绸布，拿笔在布上构图画样，然后，放在缝纫机下"嗒嗒塔"地赶绣出来。

母亲绣的多是园中植物，自然娴熟在心。她将一寸寸的光阴，都织进鲜活水灵的绣品中。她织的绣品，绣工精巧，花色鲜亮，因而很受欢迎。母亲用挣来的钱，给我和弟弟交学费、买书。

母亲年轻时家境贫寒，只念了四年书便弃学回家务农，这成了她心头的憾事。生活一向节俭的母亲，却极舍得买书，各种各样的书塞满了家中的小书柜。她告诉我们要多读书，还说："读书，是件顶好的事。"

她常柔声提醒我们，看书前要先洗手，不许用脏手翻书。就连身上穿的衣服，母亲也要求洁净 。用她的话说，这是读书人的"体面"，是马虎不得的。

我们身上穿的外衣、裤子，是母亲一针一线缝制出来的。她还会特意在我的衣领上、裤边处，绣上几朵小花，织上两只蝴蝶。我穿着母亲缝制的衣服出去，总能引来许多羡慕的目光。

随着父亲转业，我们家搬到一座中原小城。时间飘忽而过，竟不知从何时起，母亲眼花了，背驼了，脸上皱纹宛如菊瓣。那台老缝纫机闲置下来了，母亲已很久没绣花了。

闲下来的母亲，每周都会给我打电话。她知道我经常写作到很晚，便在电话中叮咛道："你悠着点写，文章是写不完的，别累到了。"稍停片刻，她又说："写作累眼睛，你写一会儿，朝窗外看看。"

我口中胡乱应着，心里却觉得她有些唠叨。在母亲心里，我仿佛永远是没长大的孩子。撂下电话，我继续埋头写作。时间久了，还真就被母亲说中：我的眼睛干涩，肩膀也有些难受。

我买来些药用着，隔了段时间却仍不见好转。那些日子，母亲没有再来电话，我觉得缺了些什么，隐隐有些怅然。因为忙着赶书稿，那个夏天，我没能回家看望她。

初秋的一个周末，我正在家中写作，听见有人敲门。开门一看，竟是母亲。她手里拎着个大袋子，欣喜又急切地说："快看看，我给你带什么来了？"

我打开来看，一包茉莉花，一包玫瑰花，都是晾晒好的干花。母亲笑吟吟地望着我，捧起一把，凑近让我细闻，一股淡淡的清香扑溢而来。母亲说："我在楼下种花，采摘后晾晒好，给你送来泡水喝，可以明目，还可舒缓身心。"

原来整个夏天，母亲都在忙着种花。她在楼前辟了片地，买了花苗种上，精心打理园子。我能想象得到，那一大园子的花儿，打理起来有多么不易。

年逾七十的母亲，腿脚已远不如年轻时那么爽利。平日里她干一会活儿，便会气喘，汗下，甚至腰腿酸痛，但她硬是撑了下来，小心翼翼地照料、看护满园的花儿。

凝视着这些小小的花骨朵，我心里陡然荡起一股暖流。它们经过母亲汗水的浇灌，饱含了多少至真至纯的人间长情。穿行在花园里的母亲，是这满园清芳中最独特的一枝，只因为啊，唯有母爱是朵永不凋零的花。

而我却是在人到中年，品嚼过生活的千般滋味后，才真正懂得母亲。幸而，还不算太晚。有母亲在，我心里是清宁安稳的，不会迷失来路；有母亲在，我便拥有一个家园，那里装着大地的芬芳。

鸟落在冬天的树上

寒露入暮，初冬悄至，到处是一片萧落荒败景象。树木的叶子如蝴蝶蹁跹纷落，褪尽繁华的灰褐色枝条变得冷清而空寂，犹如一幅简净空明的水墨画。

一只，两只……几只鸟落在稀疏的枝丫上，远看去，像树上冷不丁地绽开了花朵。当然，鸟儿会从一棵树上飞到另一棵树上，起起落落，如同花朵渐次开放。

其实，鸟落在四季的枝头，只是其余的季节，树上枝繁叶盛，牵牵绕绕，鸟藏在片片绿影中。偶尔抬头瞥见几只鸟，它们已如箭一般从树隙中射出，倏然间便不见了踪影。

倘若下了一夜雪，翌日天放晴后，地面铺满素白的雪，阴郁的树也被染白了，那些立在高枝上的鸟儿，如朦胧白雪中的一朵青花。素雅中透着活泼灵动，将冬日的沉闷冲淡了一些。

因而，雪后初晓，我喜欢走出去转转。那天，转到一处篱笆院前，我停下脚步，朝院里探望。院中有一棵老枣树，枯枝干上挂满雪，几只鸟落在树梢，滑落一串串鸟啼。

“秋子，秋子！”我隔着院子轻声喊。篱笆院是秋子的家，她是我的同班同学，我俩约好雪后捕鸟。我们捕鸟不是为了好玩，是要将它送给好友小凤。

小凤的家在海岛的东边，靠父亲打鱼和母亲种地维持生活。她已有半个月没来上课，听说是家里出了事。

前些天，她爹来了趟学校。我和秋子从办公室经过，听到他在跟李老师说话："凤的娘患病走得急，她不想上学了，要跟我出海捕鱼。"李老师急声劝道："这怎么行，孩子还小，得上学呀！"她爹垂叹道："是这么个理儿，可这孩子脾气犟……"

我和秋子打算去看望小凤，她平时喜欢听鸟鸣声，我们便想到捕只鸟送给她。雪后是捕鸟的好时机。这不，我一大早就赶来找秋子。

秋子拉开屋门，冲我挤了挤眼，一摆手小声说道："我都准备好了，快来帮忙。"我们拿起笤帚在院里扫出一小片空地，撒上谷粒，用棍支起个竹筐，筐沿系上麻绳。我们手握绳子躲到门后，悄悄观察着外面。

稍后，两只鸟飞落到空地上，一只老鸟，一只小鸟。老鸟在前面梭巡，小鸟紧随其后。它们蹦跳着向前移动，近了，近了，它们开始低头啄吃谷粒。

秋子猛然一拉绳子，老鸟拍翅惊飞，幼鸟被筐扣住。

我正想跑出去看看，只见老鸟箭也似的飞回来，身子猛撞向竹筐，哀哀地尖叫起来。一下，两下……片片灰褐色羽毛飘然落下。秋子看不下去，跑去赶走了老鸟。

我们捉住小鸟，捧在手心，赶到小凤家。敲门，门开了。见是我们，小凤微微愣了下，红着眼默然回身，坐回窗边的藤椅上。

她无力地低垂下头，瑟缩在椅子上。略显憔悴的脸上，有种凄婉的伤愁。“凤，看我们给你带什么来了？”我近乎讨好地凑近她。秋子也跟上前，像讲故事一样将捕鸟的经过讲给她听。

听着听着，只见她眼中盈起珠泪。颗颗晶莹的泪顺着脸颊滚落下来。两行清泪儿，渐渐地蜿蜒成溪。她蓦然起身，几乎是从我手中夺过小鸟，踅身到窗前，双手托起小鸟，看着它扑棱棱地飞走，飞向茫茫的天空。

她两手合于胸前，吁了一口气，像是完成了件极重要且庄重的事。

我先是惊讶不解，转而一想，心里生出很深的感动。那一刻她一定是想到，如果小鸟失去母亲，会跟她一样无望孤单。

小凤转头望向我们："我知道你们为什么来，明个儿我就上学去。"她轻咬了下唇，像下定决心似的道："爹也说娘走得太匆忙，可日子还得过下去，娘会在天上看着，我不能让娘失望。"

放学后，我们又一起踏着积雪，去看落在树上的鸟。它们玲珑的身子，在树丫间挪动，像冬天的树上，吐出一朵一朵的花。偶尔，鸟在树头跳跃，树丫间夹着的白雪落下，如扬起一片蒙蒙白雾。

就在我以为小凤已放下过去，从晦暗的心情中走出来时，这天，她又没来上课。

我和秋子放心不下，去找小凤。刚走到村口，见她手执一根长长的竹竿，踮脚站在树下，费力地用竹竿敲击树枝，小脸憋得通红。我们看得满心疑惑，跑上前去问她："你这是在干啥呢？"

她紧蹙双眉，说近日村中有群顽皮的孩子，用自制的弹弓打鸟，家长也放任不管，由着他们胡闹。她拿竹竿敲树，是想把鸟惊飞，免得它们被弹弓射到。

我恍然道：“你没来上学，原来是忙着赶鸟。”秋子仰脸望树，挠头说：“这么驱逐也不是办法，鸟飞走还会飞回来。怎么能挡住射鸟的人，咱想想看，有没有别的好法子。”

这时村里的广播响起来，秋子侧耳听了会儿，眉毛一竖，主意来了：“咱去找主任，让他通过村广播跟大伙讲讲，鸟儿是村庄的一部分，没有鸟的村庄是冷清的、无趣的。要爱护鸟类，不准打鸟。”

村里大喇叭反复广播后，果然没人打鸟了，村庄又恢复了往日的宁静。

有鸟的村庄才是美的。鸟儿让村庄鲜活起来、灵动起来，让村庄承载岁月安稳，得以生生不息。

萧萧的冷风在大地上穿行。草木凋零，万物归隐。一群鸟儿飞来，落在冬的枝头，如绽放的花朵，擦亮灰寂的天空。在鸟儿清亮的啼啭声中，一个冬天过去了，一个又一个冬天就那么过去了。

起身的饺子落身的面

周海亮

起身的饺子落身的面。这风俗令我幸福和忧伤。

年轻的父亲是一位石匠。石匠的概念在于健康并且强韧的身体，单调并且超负荷的劳动。石匠只与脚下的石头和手中的铁器有关，同样冷冷冰冰，同样让秋天的双手，裂出一道道纵横交错的血口。

每个星期，父亲都会回来一次，骑一辆旧金鹿自行车。车至村头，铃铛便清脆地响起了。我跑去村头迎接，拖着两条鼻涕，光亮的脑瓢在黄昏里闪出蓝紫色的光芒。父亲不下车，只一条腿支地，侧身，弯腰，我便骑上他的臂弯。父亲将我抱上前梁，说："走咧！"然后，一路铃声欢畅。

那时的母亲，正在灶间忙碌。年轻的母亲头发乌黑，面色红润。鸡蛋在锅沿上磕出美妙的声响，小葱碧绿，木耳柔润，爆酱的香气令人垂涎。那自然是面。纯正的胶东打卤面。母亲的手艺令村人羡慕。那天的晚饭自然温情并且豪迈，那时的父亲，可以干掉四海碗。

起身的饺子落身的面。父亲在家住上一天，就该起程了。可是我很少看见父亲起程。每一次，他离开，都是披星戴月。

总在睡梦里听见母亲下地的声音。那声音轻柔舒缓。母亲的贤惠，与生俱来。母亲和好面，剁好馅，然后，擀面杖在厚实的面板上，翻转出岁月的安然与宁静。再然后是拉动风箱的声音，饺子下锅的声音，父亲下地的声音，两个人小声说话的声音，满屋子水汽，迷迷茫茫。父亲就在水汽里上路。自行车后架上，驮着他心爱的二十多公斤的开山锤。

父亲做了近三十年石匠，回家，进山，再回家，再进山，两点一线，一千五百多次反复，母亲从未怠慢。起身，饺子；落身，面。一刀子一剪子，扎扎实实。即使在那些最难熬的时日，母亲也不敢马虎。除去饺子和面的时日，一家人分散在不同的地点，啃着窝头和咸菜。

父亲年纪大了，再也挥不动开山锤，而我，却开始离家了。那时我的声音开始变粗，脖子上长出喉结。学校在离家一百多里的乡下，我骑着父亲笨重并且结实的自行车，逢周末，回家。

迎接我的，同样是热气腾腾的面。正宗的胶东打卤面，盖了蛋花、葱花、木耳、虾仁、肉丝、绿油油的蔬菜，油花如同琥珀。学校里伙食很差，母亲的面，便成为一种奢求。好在有星期天。好在有家。好在有母亲。

返校前，自然是一顿饺子。晶莹剔透的饺子皮，香喷喷的大馅，一根大葱，几瓣酱蒜，一碟醋，一杯热茶，猫儿幸福地趴在桌底。我狼吞虎咽，将饺子吃出惊天动地的声音——那声音令母亲心安。

然后，毕业，我去到城市。那是最为艰难的几年，工作和一日三餐，都没有着落。当我饿得受不住，就会找个借口回家，然后在家里住上一阵子。一段时间以后，当认为伤疮已经长好，便再一次回到城市，再一次衣食无着。

回家，坐在门槛上看母亲认真地煮面。母亲是从我迈进家门的那一刻开始忙碌的，她将一直忙碌到我再一次离开家门。这几天时间里她会不停地烙饼，会在饼里放上糖，放上鸡蛋，放上葱花，放上咸肉，然后在饼面上沾上芝麻，印出美丽的花纹。那些烙饼是我回到城市的一日三餐。母亲深知城市并不像我描述的那么美好，可是她从来不问。母亲把她的爱和责任，全都变成了饺子、烙饼和面。母亲看着我吃，沉默。沉默的母亲变得苍老，我知道这苍老，全因为我。

起身的饺子落身的面，我真的不知道这样的风俗因何而来。也许，饺子属于“硬”食的一种吧？不仅好吃，而且耐饥，较适合吃完以后赶远路；而面，则属于“软”食的一种吧？不仅好吃，而且易于消化，较适合吃完以后睡觉或者休息。一次说给母亲听，母亲却说：“这该是一种祝愿吧！‘饺子’，交好运的意思；而‘面’，意在长长久久。出门，交好运；回家，长长久久，很好的寓意。再图个什么呢？”

母亲的话，该是有些道理的。平凡的人们，再图个什么？出门平安，回家长久，足够了。

然母亲很少出门，自然，她没有机会吃到我们为她准备的“起身的饺子落身的面”。可是那一次，母亲要去县城看望病重的姑姑，本计划一家人同去的，可是因为秋收，母亲只好独行。头天晚上，我和父亲商量好，第二天一早会为母亲准备一盘饺子，可是当我们醒来，母亲早已坐上了通往县城的汽车。

头一天晚上，我几乎彻夜未眠。我怕不能够按时醒来，我怕母亲吃不到“起身的饺子”。然我还是没能按时醒来，似乎刚打一个盹儿，天就亮了。可是，父亲的那些年月，我的那些年月，母亲却未曾忘记、未曾耽误过哪怕一次“起身的饺子”。很多时候，我想母亲的能力已经超越了一个母亲，她变成一尊神，将我和父亲守护。

然她却是空着肚子走出家门的。家里有她伺候了大半辈子的丈夫和儿子，却无人为她煮上一碗饺子。

起身的饺子落身的面。这习俗让我忧伤并且难堪。

母亲是在三天以后回来的。归来的母亲，疲惫异常。我发现她真的老了，这老在于她的神态，在于她的动作，而绝非半头的白发和佝偻的身体。走到院子里，母亲就笑了——她闻到了蛋花的香味，小葱的香味，木耳的香味，虾仁的香味——她闻到了“落身的面”。那笑，让母亲暂时变得年轻。

母亲吃得很安静，很郑重。吃完一小碗，她抬起头，看看我和父亲。母亲说：“挺好吃。”

三个字，一句话，足够母亲和我们感到幸福并珍惜一生。

相片簿

朱镛

一

如果不是看见炊烟晃动，在山的斜坡上醒着。它仿佛就是一张照片而已。

这里有一座村庄。房屋不多，和土地一样的颜色。看上去一片祥和，仿佛与大地有深广的自由魂魄，结合得十分亲密。这个地方叫勒力寨轿子沟，是一个只有三十户人家的苗族村。也不算遥远，我却第一次来到这里。关于它的存在究竟有多久远，我并不了解，只是从周边的环境，可以肯定的是，开荒拓土是他们的历史，牛羊是他们的故事。从他们的祖先开始，在此安顿下来，就是山，就是水，把他们养育至今。

才进入村庄，我抬眼就看见了两个鸟巢，在高大的树杈中间。这足以说明，这是一片祥和的土地。鸟儿喜欢这里，它们在这里护养着自己的孩子。鸟巢暴露和呈现了它们的繁殖期。如果裸露的枝丫上，是什么在欢腾？那一定是鸟。它们连同树木，透出这块土地的生机、自信。似乎也在冬天的暖阳里，带给这个村庄春节的祝福。所见的日常，让人感动。据说，这里的人们，不久后将会搬迁。为此，我只想忠实于一次记录。抬眼望去，这里裸露的土地，裸露的墙，都呈现着同样的橘色，仿佛是一个尚未打开的世界。一切都是初始的，天空、大地、房屋、树木、牲畜，甚至这里的人们。水一样的阳光，照在土墙上，照在日子里，照在茅草上。山上的茅草，像极了他们放牧落下的羊毛，稀薄和微小。村前的一条河流里，水在阳光下，在鹅卵石上，破碎地淌着，湿漉漉地颤抖，又忽忽地闪光。人们在普照富人也普照穷人的阳光下生活，他们所留下的轨迹，仿佛从初始就没有改变，像河里不大也不小的水，一如既往，缓缓地流淌。

昭通的冬天，冷。在这里，更加冷。无边的山风肆无忌惮，可以吹白树木和茅草。我们来这里的时候，阳光很新。但是，从年节的日子来看，新春的气象，没有新，倒是有着春的温暖与柔和。我看见一个汉子，蹲在墙根下，抚摸一只羔羊，两双温和的眼睛，在明媚的阳光中，相互对视。他们仿佛用眼神交流或者诉说着什么，而那个汉子的眼神，带着严峻和忧伤。望见这个景象，我莫名就想起一首山歌："看着看着要过年，身上没有半文钱。婆娘要点孩（鞋）面布，娃娃要点压岁钱。"当然，眼前的景象没有山歌里这般凄苦。但是，要过年了，似乎也只是孩子们的期盼与欢呼。

是的，年近了。如果数着日子，离真正意义上的年，不到一个星期。文联、摄协、书协和美协来到这里，以全家福、春联、绘画的方式，替代言语的祝福。按照乡土的传统，拜年是要用糕的。

有一个场景，使在场的每一个外来人，都将大受感动。在给他们送绿豆糕时，社长一家一家地叫上他们的名字。剩下四五家，社长一时激动，没有叫出他们的姓名，就问没得到的举个手。在场的人，没有一个人把手举起来，眼睛看着社长，也没主动站出来说自己还没得到。直到社长一一叫出了他们的名字，被叫到的人才站在前面，双手接过礼物。我心里涌起一股酸楚，真想哭，同时也很震撼，不由得对他们肃然起敬。他们在此不败地生存，不会贪婪于眼前的小利。已由父辈传给孩子的灵魂、准则，使每个人都索求有度。他们不仅有着信仰，更有着底线。是的，阳光洒在这座村庄里。鸡在树下刨食，猪拴在一截树桩上躺着睡大觉，狗在自由自在走动，牛抬头看着天空，它们连同人间的亲切气息，驻足在这个叫轿子沟的地方。

村庄极小，却到处弥漫着生活气息。仿佛一个巨大的箩筐，装满了宁静，装满了烟火，离人类的根很近。一群摄影的人，在这里，把一些瞬间放进了镜头里。我看见，他们按下的快门，把生活的现场记录进了取景框，捕捉到阳光照在人们脸上的灿烂。每个人的镜头，都试图在这日常里，用光的变化，找到一种与他们思想的和谐，并将此转化为一种神奇和令人回味的元素。

摄影家祝明多次跑到这里。这一次，他想着这里的人家，或许将来会成为他们再也回不来的地方。为此，摄影的几个人，亲自跑到各家各户，在每一家的房屋前面拍照。如果他们快要离开生活着和曾经生活过的家园，为的是，给他们留下一张在家门口的全家福，留下念想，留下记忆，留下家的模样。在现场，他们把拍好的照片打印出来，装好框奉送给村民。由于村庄随着斜坡而上，他们从上到下，挨家挨户顺着拍。基本是拍完了，这时，一位老妇跑过来，站在摄影家祝明的前面，手指着下面说："我们家就住在弯弯里，你们还没给我们拍过照。不是我们不照啊，是你们没去照，过了就别怪我们了啊！" 我听了开始笑起来。我笑着笑着，鼻子酸了。

请别误会！这不是愚昧。这是他们像山泉一样纯净的内心，他们胆小、朴实、羞怯，完全是自然的一部分。

还不仅如此。他们有着这个世界最珍贵的品质。我看见他们等待着画家的绘画，和书法家写的对联时，谁后来，不用谁喊就站在了后面。谁都如此自觉，保持着秩序和微笑，都流露出一脸的胆怯和害羞。这些场景，如同我见过祝明摄影作品里的悲悯和情怀，一样令我感动不已。

连这里的孩子，每个人都会心存感激。一群穿上盛装的小姑娘，她们自发地跳起了一段舞蹈，是为欢迎，也是为感谢。音乐让她们欣喜。摄影家徐箐，也为她们唱了一支歌，这群小女孩不由自主地围在徐箐身旁。阳光倾泻在孩子们的身上。我看见她们的民族裙装，在山顶的阳光中飘逸。这真是一个贴心的情景，像孩子依偎在母亲怀抱，温暖，动人。

一群孩子，美好的心灵，在风、阳光和自然中羞怯地展露。这是一种厚道，也是一种感恩，更是一种美好。它更是人间无限的温暖，难能可贵。在 20 世纪 90 年代初，我进城去姨孃家。那时，在学校里读书，肚子总是很饿，饭量又大，一到吃饭就会不好意思起来。因为姨孃家吃饭时，盛饭的碗都是小碗，左添一次、右添一次也觉得不够。姨孃看出我的窘境，在吃饭的时候，都是专门用了一个大碗给我添饭，吃得很饱。我从这碗里，吃出了单纯而深厚的情愫，爱和生命的美好。当然，内心也还是不好意思，并带着深深的愧疚。姨孃的善良和对一个穷孩子的理解，对生活的爱与给予，滋养着当时一个乡村少年的身体和心智。它不仅对我后来对于悲悯、厚道、感恩的践行具有奠基的意义，也使我一直保持着和善待人的习性。

然而，在这块土地上生活的人们，他们的脸上，有着阳光和风的肤色，还有着超越时间的原始风光，谁都可以想象。他们世世代代历经沧桑，留下苗族的歌谣、舞蹈、牛羊、子孙。让人想起一些古老遥远的事物，猎户、牧人、采药人，自耕自种，在大自然的环境中，愉快地过着简单日常的生活。这种景象，让我想起雅姆的诗歌："我爱那如此温柔的驴子 / 它沿着冬青树走着 / 它提防着蜜蜂 / 又摇动它的耳朵 / 它还载着穷人们 / 和装满燕麦的袋子……"如此亲切和清新，别说动物，就是阳光和风啊，也像朋友一样亲近。甚至诚实和美好，都带着清新。

没有疾驰而过的车辆，没有喧嚣。只有安静和明媚，只有灵魂的歌声升起。

面对如此本真的人们，我没有资格说他们的生活是好还是坏。我只有满怀敬意，看着他们每个人宁静的神情，看着所有的场景、微笑和柔软。说它什么呢！你还能说什么。无论明天怎样，那么，继续！反正日子是在不白即黑的昼夜里。时光不紧不慢，恩赐于人成长，也给予人皱纹。但是，他们都会以天赋的无穷毅力承受生活和生命。我只能在内心里祝福！祈愿安平！祈愿安好！让他们的日子，向着合乎他们心愿的方向发展，就是美好。

我愿意光明地、信任地看待一切事物。就让风，吹软了云朵，拽着影子飞。让山上的歌调不再愁闷。阳光落下来，呵！多么透亮。

二

仿佛一地月光。白色，储藏了美，也储藏了冷。云雾缭绕，冰的舞者，使得大地到处闪亮。

无边的白，却不虚无，正诠释着冬天的寒冷和萧瑟。这是一个摄影家拍摄的一组叫《温度》的照片。他像一个耐心的潜行者，行走于山村记录下的一些梦幻般的景，人和物。照片的底色背景全是冰花。

在这些照片中，我看到了生活的实质和波澜不惊的灵魂。特别是一张鸡、狗、猪、儿童的照片震撼了我。冷和暖，各自悠然自得的人和动物，在这张图片里构建了一种语境。猪躺在地上睡觉，狗躺在地上睡觉，鸡在地上啄食，还有几个孩子没有远离天然的集体主义，坐在地上玩耍。房顶的茅草上，是白色的冰花，空气无疑是冷的。但是，大地上保持着独有的体温，人和动物在大地上，感受到了温暖。看上去一切那么安静。说这张照片美吗？当然美。它的美来自和谐与安慰！如果这张照片是一个故事，当然也有一点忧伤。他们的父母，留下他们与家里的牲畜做伴，定是在为柴米油盐的理想，躬身开拓和守护在他们生活的前方。但是，也很好，他们没有被隔绝于孕育万物的风雨和泥土。他们上学，是先知道真实的猪、狗、鸡、火和泥土等，才开始认识猪、狗、鸡、火和泥土的汉字。他们能识别鸟儿的鸣叫和兽迹，明白四季自然的颜色。

清冷的冬天，大家都活着。温暖，这就够了。

整组图，给人眼前一亮的感觉。照片记录的是，人们孜孜不倦的对生活的追求。在寒冷中，劳动、放牧、绣花、织布，背负着温暖和希望前行，给人增添触动。比如在一条山路弯成了弧的小道上，和另外一条路上背柴的两个女人。照片看上去素雅，没有更多的元素，就两个人，各自背着比人高的木柴。画面极其简约，单从画面对视觉的冲击上来说，无论从内容还是形式，都表现出一种秩序和宁静，一种直指本源的美。但就是这样轻描淡写的画面，藏着凝重、深沉，也藏着一种朴素的美好。

山坡白了，树木白了，也挡不住人们对美好事物的向往。其中有两张照片，一张是一个老人和女儿在自家园子里织布，另一张是一个老人在自家门口绣花。而周围，都是白色一片。无疑，气温的冷凉，遮挡不住生活的温度。另外，孩子在山地上奔跑的照片，他们只有快乐，无视外在的冷。大人，孩子，火塘，人们对生活的热气腾腾，驱赶了冷。这些照片，在每一张画面上捕捉的瞬间背后，都深藏着一个故事。它的色彩对比，获得了一种非凡的含义，凝固了生活的瞬间，延长了存在，或者生命的纵深感。

当然，生活历来是个体的体验。影像如何在一个局部，剔除，凝练，在取景框里分解出可视化的范围，传达出一种状态的关键词。这需要用目光，思考。在这组照片里，看得出一个有思考的摄影家在拍摄的过程中是如何屏住呼吸，然后，再毫不犹疑行云流水地按下快门。每一张照片呈现前，都是先有对景物的阅读，才不动声色迅速地捕捉在场的瞬间。是的，一个摄影家在按下快门时，什么东西可以打动人，什么东西可以触动人的心弦，甚至于回味和思考。他的思想也必然随之关闭在了图像里，让人一看就会舒服地接受。然后，图片替他发声，讲述和呈现场景。

这组照片是传统的，也是前卫的。因为他捕捉了生活的场景，没有居高临下的视觉，他的思想里就是家常，就是日常，就是生活琐事、俗事。他的镜头瞄准了人和物，表达了他对现实生活的态度。他向我们展现的是本质和根。村庄的外观如何变化只是形式，重要的是，人的内在的生活。他们在这块土地上，拥有火塘、土地和牲畜，一生做自己的国王和子民，听命于自己的指令和执行，生活简单却满足和充实。所谓乡村味道，实际上是它具有的双重性。人们在努力地活着，为生活，为一捆比人高的木柴，要从山坡上从小道上背回家，就为冬天里的温暖。他们操劳，含辛茹苦，甚至仿佛有着艰难时世的挣扎，具有伤感气氛。但是，它也意味着寂静，可也意味着秩序和丰富。我以为，人在生活中之所以有活着的意义，正是因为这种生活的伟大，一切都与万物息息相关，亲近在自然里。人在生活中感觉是时间的儿子，没有过多的匆忙和焦虑。它使马不停蹄的人们思考生活、感受生活，还有那么一种方式，依然如此亲切。

摄影家如何置身于局外而捕捉现象、瞬间，以层次感、美、感动或者魅力等元素，来体现图像深度的内部。从脑到手，发号施令，瞬间按下快门。每一张照片呈现出来的构图方式，深藏着拍摄者的美学，创作的思想和内涵。当然，我不懂摄影，不敢谈技术。但我觉得拍什么，和怎么拍，这是一个值得思考很重要的元素。艺术创作都饱含着一种爱、良心和关注。

作为一张好的照片，也可能会偶然得之。但是，以一组的方式，构造一个山村的生活表情，这需要耐心、观察、审美和对生活的理解。摄影家用相机在这里，如此坚忍不拔，像给这个村庄写一封情书一样，以他的眼睛，选择，思考，所摄取的图像，是他叙述的表达。它让人们一看就非常明白，还有一种生活中不该忽略的事物，且在任何事物中，都藏着意义和美感。

一些瞬间，形式，终将消失。或者说，错过，遗失，不可能再现。作为一个创作者，在这片土地上，让它凸显出生活的味道，记录着真实，真好。这些照片就是最好的证据，记忆，令人回味的现象。它带着人类学、社会学和美学的启示，这是摄影的意义所在。

三

大地的律动如此细微，太阳的光芒普照，温度上升。人总是爱着温暖，爱着快乐的时光，爱着优雅的、清新的空气。这些自然之物，是自然赐予人类的馈赠。曾经，人类并未好好珍惜。

然而，社会发展到今天，繁荣而昌盛。

在我们生活的时代里，科技、信息、快捷等这些词条，正弥漫于我们的生活空间，占据和不可分割。现在，只要打开手机，点一下图标上的天气，它就会告诉我们，体感温度、湿度、能见度，有没有风，北风或者南风，紫外线强弱，气压，空气质量是优、是良、是污染、是轻度还是重度。如此清晰和准确，洞察破绽和变化，它时刻提醒着人们对自然的警醒。因为环境的隐忍，致使造物主与死神同在。它的好与坏，关乎人的身体，生活和生命。如果它足够好，将永远是人类的温床。如果它变得恶劣，人的生存必将危机四伏。这并不只是威胁和恐怖的笼罩，而是会真正地成为地球生命的最后终结。我们正步入一个自己拯救自己的时代，需要护好绿水青山。它不是照片里取景框的那部分美，是全部。

空气，水，土地。这种被人类归纳、总结和命名的自然资源词语，非同寻常。当它无偿地提供给地球生命的源泉时，这并非是一种单纯意义上的比喻，或者使用的某种象征。我们必须认识它背后所表示的实体本身。毫不夸张地说，它是地平线上的苍生，存在的秘密感应，人类生存息息相关的重要因素。环境的好坏，对于人的健康或衰弱，新生或死亡，有着某种难以言尽的依附关系，甚至是血缘关系。

逐水草而居，是任何一个民族的选择和考究。人们喜欢有水的地方，即便没有原始的河流，先人也总会开道，人在前面开挖，河水随后就跟着流淌。那时的流水，不腐。这并不是完全处于怀念，在我们的记忆里，曾经，河流是清澈的、本色的。站在河堤上，看得见鱼虾，看得见河底的鹅卵石，看得见闪亮柔软的细沙。那哗哗水声，不仅听来让人愉悦，走在水边，还可作鉴貌之用。我们不可否认的是，一个时期，人们都不过是侧目而视，甚至无视环境卫生。河流里流淌的水，变浑浊，变成污水、黑水，甚至臭气冲天。以致人们从河边走过，需屏住呼吸，或用手捂住鼻子。当人类在嘲弄和讥讽自然，以为可以战胜自然时，其实，人类在嘲弄和讥讽自己。河流里，没有了鱼虾。弥漫的空气中，出现了雾霾。土地里，留下了农药的剧毒。大自然，以冷峻的光芒，照射着人类本身。大地上人类的庞大和拥挤，如果不对环境加以保护，它可以决定性地把我们送入病房，甚至死亡。这不是耸人听闻，我们终将被弥漫的空气噎死，被困在水前渴死，被大地上生长的食物毒死。这些致命的招式，足以一剑封喉。因为生活在大地上卑微的人类，将被收入大地。甚至，肉身无法安放，灵魂无处安放。自然的灾害，便是人类的逗灾惹祸。

远古洪荒，造物主说，要有光，于是便有了光。在社会进程和人类的聪明中，人类说，要开发自然，于是便有了自然的开发。故乡昭通大地的一次地震，短短数十秒，房屋成了废墟，一些生命戛然而止，一时之间，人生风雨飘零、无所归依。孤苦、无助、恐惧、悲伤和绝望，填满了人心。

人本主义哲学家弗洛姆说过一句话，我们对自己是一个谜，正如同别人对我们来说，也一直是个谜。我想借用这句话，换一种说法，我们对自己是一个谜，正如同大自然对我们来说，也是一个谜。很好，人类回归到有了敬畏自然之心，没有沉浸在创造的狂喜中。人类说，要保护，于是便有了保护。比如河流。谁说文学只能反映现实，现实里难道不可以用文学的方式？城市的一条河流，从北向南穿过一个城市。污浊的臭水，从河床里流。关于城市河流的治理，我看见让一条河流成为两条河流。在河流中，埋下了一条管道，污水从暗道里流走，清水流淌在河床里。它像极了一篇小说创作的线索，一条明线，一条暗线。比如地震后的纪念馆，记住的是，对大地的敬畏，对那些遇难者的缅怀，对救助者的感恩，是人心的慰藉，灵魂的安魂曲。比如卷烟厂，曾经高耸入云的大烟囱，用现代的科技处理了，不再对空气进行污染。

当然，文学需要为时代鼓与呼，但不是鼓与吹。环境的优劣主宰着这个世界。同时，也是人类，主宰着这个世界。一方山水养育一方人，人的文明行为，也将养育山山水水。不用太多的索取，人类该留下剥夺，为自己，更为子孙后代。我们对自然环境的保护，意味着保护自身的家园，意味着人类的生命和未来，是光明，是希望。

这是一个需要将眼力放宽的年代。

抬头可以看见的高远的天空，是灰，是蓝？得靠人类自身。它懂得人类的一切，如果肆意地践踏、污染，凭什么，天空要给你深邃而幽静的蓝，要给你炫目的蓝？所谓留得住青山，留得住绿水，不是在一个物质世界里，而是在我们的内心中开始。需要环保的不只是环境，还有人心。人心清明，天地清明。人类无疑智慧，但更智慧的是大地和天空。人类不过是介于大地和天空的生命，它可以让你光明起舞，也可以让你幽暗肃立。如果我们保护和善待环境，它便保护和善待我们。一种好的节奏，必带来一种芳香，人类绝不会空无所有。在美好的环境子宫中，才能孕育人类美好的明天和希望。

大地生动。在这个热烈发展的年代，为一切健康的生命，人对自然里的万物都该充满敬畏。

奎屯的阳光

宁红瑛

我只是一个见证者，我只是一个记录人，我有幸见证和记录了生命中最阳光、最有意义的奎屯21天。人人身上都有光，光明大小不一样，颜色不一样，而我以为，最好的光是尽自己所能地去点亮需要点亮的人，照耀需要照耀的人。

——题记

2019年7月20日，我随大学生志愿团来到了新疆。新疆伊犁，一个叫奎屯的小学。在这里，我将跟随守望者，我的队友们，陪奎屯小学的孩子们度过生命中最有意义的21天。

守望者是一个跨国家、跨学校的公益联盟组织，一个用爱心托起乡村孩子希望的大学生义务支教团队，它的初心是让更多有梦想的人加入进来，一起关爱贫困山区的儿童，一起在关爱中行走，在行走中播撒爱、传递爱、感受爱。

我有幸被破格录取。记得在接受守望者和志愿团队层层级级的面试中，每一个面试官都在问我同样一个问题：你为什么要去支教？几乎所有的人都很难想象，一个50岁的在职人员，利用自己的轮休假和工休假自费前去，而前去支教的目前只有二十几岁的在校大学生，他们好奇，我要么有高尚的理想，要么有更深刻的理由。

而事实上，我只有一种情结，一个老师脱离讲台30年来无法释怀的情结。

那年，我的离开，因为我工作的调动，我当班主任的那个班，那个班的孩子们，每周逃学翻山越岭来新的工作单位找我，一次次把他们送回学校，他们还是一次次再来，直到最后我和学校达成同盟，他们没有再来，那些学生再也没有来过。

三个月后，这个班被打散分到了其他三个班，这是我半年后回家探亲时才知道的消息。其间学校给这个班换了两任班主任，还同时派很多老师去做思想工作，在所有努力都徒劳之后才考虑这样下去不但平复不了孩子们的情绪，还同时影响到我上过英语的其他三个班学生的思想，最后才不得不用这样的方式来分散这个班的整体情绪。那天，老校长一再和我解释这个班散了的无奈，话语中有对我离开的不舍，也有对学生做出这样处理的遗憾，唯独没有责备，他一再说，你去的单位待遇好，没有你教书时辛苦，也怪这些年分来的英语老师少，让你教四个班的英语再当班主任，辛苦了。

那天我没有和老校长说我不是怕辛苦，我不换职业嗓子可能就废了，连续十几天的咳嗽加上英语领读，我的声带如此脆弱地就被医生判定为残疾。那天，我也没说是砍竹子遇到节的调动机缘，事实上我已经离开了。我万万没想到的是，我捶胸顿足不能原谅自己的是，我的十五班没了，我的学生们在失去班主任半年之后又失去同窗。

那天，老校长把原来十五班的学生集中在原来十五班的教室，让我再见他们一面，再做做他们的工作。那天，我只是和我的学生们抱着哭成一团，除了“对不起”三个字，我没有说出一句有营养的话，对于我的学生们来说，多少年后我才开始自责，我应该理性地告诉他们世界有多大，他们离开老师、和同学分别只是他们生命中的一个驿站，只有告别一个又一个的驿站才能去向更远的地方，遇见更好的老师和同学。那天，我从学校直接坐车去了县教育局，我和他们说我要回去教书，我的十五班没了，他们告诉我要从现在的单位再调回来必须得一级一级审批，程序比我调出时还复杂。

那天，我和一半以上的学生见的是最后一面，后来我没有再去看他们，他们也没有再来找过我，我们都心照不宣地克制着。

从此，我的生命里缺一堂课，一间教室，54 个学生。

这痛，只有我和我的学生知道，这内疚，如负债，随岁月不停地在加息。

多少年后，当我在他乡偶然遇到班上的一个学生，零星知道一些班上其他同学的境况，再说起当年……要是当年我没有离开，他们现在会是什么样子呢？我常常在每一个夜晚内疚和自责的地拷问自己。

遇见奎屯，是上苍对我的垂怜，或者救赎。

我们支教的奎屯处小学，是守望者的公益支教点之一，现在学生已经放假了，我们所教授的孩子是以夏令营的方式报名来的，这期一共56个孩子，除了一个维吾尔族女孩，其他都是汉族。

校园是青砖红墙、高大气派的建筑楼，方方正正围成正方形，中央有一个大大的球场，球场一分为二，由一个足球场和四个篮球场组成，两侧是椭圆形的跑道，道旁是一大排一大排的非洲红�，浓密的枝叶下面是一排排休憩的长凳，高大的椤树一直在这儿撑着晴雨伞。来到学校的第一天，看着这么气派的校园、这么好的硬件设施，我有些后悔，后悔自己没把教育送到最需要的地方去，直到我见到了孩子们，和孩子们相处了21天，我才明白守望者为什么一直要把这儿作为支教点。我一直以为贫穷就是饥饿，是衣不蔽体和没有房屋，来到奎屯小学才知道最大的贫穷是那些不被关爱、得不到温暖的留守儿童。

我们队一共18个大学生，他们来自全国各地，来自不同民族、不同学校、不同专业，他们没有用暑期去旅行，去度假，去做有偿的社会实践，他们拎着简单的行囊来到了这里。除去从遥远地方过来的昂贵路费，他们中有的人只有八百元生活费，有的人连八百元生活费都没有，有的人剩下的盘缠一天只够吃一顿饭。还有很多习俗上的差异让没有食堂、没有炊具的21天过得很艰难。

我们的宿舍是学校的闲置房，顶层没配空调、电扇。奎屯的气温一天比一天高，常常半夜醒来，没盖被褥的身体裸露在开着门的风中，尽管风也是热的。擦去鼻尖上细密的汗珠，又沁出来，擦了，又沁出来，在40℃的室温中汗水以秒的速度聚集。我们白天基本无法休息，晚上有的人勉强可以凑合睡一会儿，而有的人整夜都无法入睡，但第二天还是会早早地到教室，迎接同学们的到来。

刚来的时候宿舍里没有电灯，7天后宿舍里有了电灯，洗漱间的灯又坏了。没灯的夜晚，我们各自用手机给光，在足球场编织手工，在明明灭灭的光影中抽动丝线。在洗漱台聊课堂、聊学生，也说奎屯，说奎屯的富足与安全，说奎屯目前的教育环境超过中国很多的偏远山区。在教室里准备第二天的教案，教室里也没有风扇，但比宿舍的气温稍微低一些，至少白天晚上都有电。

我们中很多人在操场上搭起了帐篷，比热更难受的是蚊子，它们每晚带着自己的队伍来，在围攻和夹攻中唱着凯旋之歌，一般的灭蚊之药无御敌之用，任你东西南北喷洒防护，在这儿，你干不过蚊子的。洗澡还得到两公里以外的大澡堂，洗头和擦身子可以在宿舍或洗漱间将就。每天都会有学生来拥抱你，让你每天都有了换衣擦身的庄重，像去迎接每一天的太阳，去捧住一朵圣洁的莲花。

我一直以为这一代人吃不了苦，至少不像我们这代人这样能吃苦，生活上的苦，工作中的苦。当我和这 18 个大学生工作了 21 天，相处了 21 天，我才知道，备课室的灯每晚亮着，每天从备课、上课、还课、各种不同的兴趣课，到做思想工作、家访，宿舍到教室、教室到宿舍，两点一线，时间跟着学生的作息连轴转，隔天还要分析课程设置与学生特点来不断调整教授内容，以及学生愿意接受的授课方式。关键没有人给他们规定教学任务，也没有人来检查他们的教学质量，但他们一直在坚持、在努力，他们同时还在尝试，尝试着引导那些有艺术天分的孩子们去突破、去创新，手把手地交孩子们编手环、画画、跳舞、唱歌、练毛笔字。

正午，此时是一天中最热的时刻，一下课，学生们还是蜂拥而出跑向体育场，首选羽毛球，足球和篮球次之，每一两个学生黏着一个老师，他们热衷体育运动远远胜于语文、数学，他们甚至喜欢在40℃的太阳底下奔跑、出汗、挥动着胳膊。每天早早就来到学校，放学了也不肯回家，撵走了又偷偷回来，回来就赖着你依着你，每一次离开都如告别，每一次见面都像久别重逢。

他们拥抱你的时候，是天使；他们在球场上奔跑的时候，是健将、是天才；一到给他们上文化课就秒变魔兽和乌鸦。他们甚至不清楚上课和下课的区别，他们在课堂上的随意和赶集没什么两样，他们出拳的速度像练过十八掌，而且巾帼不让须眉，这些孩子给我们打开的世界，远远超出了来之前的认知维度。

到奎屯小学没几天，我们几乎都放弃了之前精心预讲过很多遍的教案，我们都不再花过多的时间去探寻什么授课技巧，而是把时间和精力都花在陪伴上，陪他们踢球、唱歌、跳舞、剪纸、练书法、谈心，甚至打闹。还有家访，家访时才知道有那么多孩子生活在单亲家庭，单亲家庭里又有那么多孩子的父母不在身边。

那个叫尼格热的维吾尔族女孩，那个有着赛里木湖水一样清澈眸子的 9 岁女孩，那个抱着老师不松手，天黑又返校回来黏着老师的女孩。她在父母离异后跟着在餐馆打工的母亲，我们第一天到奎屯时的聚餐就是在她母亲打工的餐馆。她的维语和数学在点菜算账时娴熟而精准，而一到上课就一脸懵，思绪常常游离课外，提问时才发现她不爱阅读也不爱文化课，但她喜欢唱歌跳舞，歌喉如草原一样清远辽阔，舞姿有着成年女孩的娇柔。

我们对这个维吾尔族女孩都有不同程度的关爱，以到她母亲打工的馆子吃饭为名，时常去看她。我常常心疼和叹惜，环境对一个孩子的成长和影响太重要了，而夏令营的时间又如此短暂，21 天不足以带给孩子们什么。可我，我们，就是再多一些时间，又能给予她什么？又能改变什么呢？

但我们还是不放弃任何一点时间，任何一种尝试，我们想创造我们来过的奇迹。我们像拿着大把种子的农民，看着饥荒的土地，着急地要撒向田野，我们想在干枯的土地上播撒雨露，我们是爸爸妈妈，我们是哥哥姐姐，我们是老师是朋友，我们苦口婆心，还加上喋喋不休，我们真心希望我们的哪句话有一天会在谁的身上长出翅膀，哪种思想会在谁的身上开出花朵，哪个观点会让一株小苗不断拔节……

今天是六年级的最后一节课，我没和他们谈阅读与写作，之前要给他们上最后一节英语课的想法也放弃了，在这之前，准备系统教他们国际音标的想法放弃得更早。我跟他们谈这间教室与清华北大的距离，谈奎屯与无限广阔的世界，谈个人卫生与环境保护，谈仪容、仪表、仪态，谈自重与尊重，今天是七夕，甚至谈到了亲情与爱情。

事实上从接触这群孩子开始，我一直在不断地调整教案，以适应不缺失文化知识但需要陪伴的孩子。“因才施教”这四个字，在奎屯支教的这些天我体会最为深刻。比起引领，奎屯的孩子更需要陪伴；比起优教，他们更渴求你拥抱；比起物质的给予，他们更需要你精神的呼唤。

记得那天我在给五年级的节目录像，一个男生从足球场哭着向我跑来，站在我对面用手捂着脖子一个劲地哭，告诉我他的脖子被夏木轩的手肘拐疼了。我告诉他不要紧的，小手肘被拐到不像球砸到那样有惯性力，男子汉不要这么脆弱，可无论我怎么安慰，他还是一个劲地哭，说太疼了。我仔细检查他疼痛的部位，才突然意识到他疼痛背后的情感需求，我赶紧心疼地把他揽入怀中，摸着他被拐疼的地方，问他现在怎么样了？他抬起头望向我，说不疼了，真的不疼了。

在奎屯，教室是方的，球场是方的，方块字是方的，五星红旗是方的，理想是方的，孩子们的快乐也是方的，都安全地装在方形的盒子里，孩子们对这种方方正正的盒子有一种时时要爆破的冲动，我们试图去掉那些边框，让快乐理想飞出去，但我们又不敢全部去掉。

教学在有序和无穷变化中进行，生活在不方便和习惯中适应，气温升了一些、降了一点，像每天不同时段的太阳，给你温暖也让你酷暑难耐，我们就这样持续了 21 天。因为爱和爱着，我们每天都在重复，我甚至学会了踢足球。我渐渐感觉到奎屯阳光在皮肤上的温度，树上知了在歌唱，篮球、足球、羽毛球在校园跳跃奔逃，空气里有水果的甜味、有馕的香味，感觉到渐渐热起来的手指、关节、肺腑，渐渐热起来的眼眶，以及孩子们羊群般的存在，或不在。

这个清晨，当阳光斜斜地漫过校园，孩子们和新的一天到来的时候，我想，如果不是21天的志愿者支教，如果不是一年、两年，而是十年、八年的工作，或许，我就留下了。这里有很多间教室，这里有56个学生。

精彩的一课（散文组章）

敖华

2014 年，老家公路旁的五棵华山松在一次交通事故中倒下了。

母亲告诉我，树是被一辆拉铝块的大货车撞倒的，驾驶员是一名 30 来岁的小伙子。车还在大坝子就已刹车失灵，又是下坡路，非常危险。还好，晌午间，路上没有行人，不然，那么远的路，不知还会闯下什么大祸。司机也够倒霉的，右腿受了重伤，当场晕过去，整辆车完全报废，造成的经济损失也不小。幸好，一位村民及时打了急救电话，救护车来得很快，司机马上被送进了县医院。

母亲一味强调司机的惨状，始终不提咱家那五棵树的赔偿情况。我想，按照当今事故赔偿的先例，五棵树至少也要赔偿些钱吧！事故中的赔偿与自由买卖毕竟不同，自由买卖遵循自愿、公平的原则，而事故赔偿带有被动性和惩罚性。因此，事故赔偿费往往是物品实际价值的三五倍，乃至更高，弹性很大，没有定数。

后来，我开门见山地问母亲："妈，肇事者赔咱们多少钱？"母亲淡定地说："五百元，你爸和交警们谈妥的。"听到这样的数目，我有些心灰意冷，觉得自己的父亲有些懦弱。我沉默了几分钟，思想深深陷入父亲谈判失利的遗憾中，内心难以服从这样的结果。即使不按五至十倍赔偿，也应该按两到三倍的价格赔啊！

我禁不住又问母亲："妈，处理这件事情的交警是怎样调解的？"母亲进一步解释："调解时，交警要求车主赔偿2500元。你爸说，不能为难人家，赔偿一点就算了。对方受了重伤，车辆又报废，这起灾难已经让他损失那么大。本来对方就急着用钱住院，人命关天的事情，还是给别人减轻点压力吧！用你爸的话说，我们祖祖辈辈都不靠坑蒙拐骗吃饭，而是提倡勤劳致富，不忘仁义之德。你老祖活到95岁，你爷爷现在也80多岁了，你几个叔叔家好，我们家也好，子女健康，什么都很满意。咱们不缺那点钱，我们不能将祖上留下的家风失传。"

母亲的话，让我的内心逐渐变得平静，我也理解了父亲的良苦用心。我深深地认识到，父亲贬低树木的价值，是为了抬高咱们家庭的道德价值。父亲保持沉默，定是想用潜移默化的方式感动和教育我。父亲情愿自己吃亏，也要保持对他人慈爱的底线。五棵华山松永远倒下了，但父亲的人格却永远挺拔。我是一名人民教师，常年给中学生上课，这次，有幸成为父母的学生，他们给我上了精彩的一课。

感动冲击波

2014 年国庆小长假期间，我不慎跌伤腰椎，出院后，在老家静养。

一天下午，班主任肖双琼老师带领学生代表来探望。有的提着水果，有的捧着鲜花，满屋洋溢着欢快的气氛。他们阳光满面，热情地陪我聊天，每句话都充满着温暖。我微不足道的闪光点，也成为他们乐此不疲的谈资，作为调动我情绪的最好素材。感动的冲击波汹涌而来，泛滥在我的心海。

临走时，班长卢桥凤递给我一个红色的纸质小扁盒，里面装着学生们折叠成各种艺术形状，充满浓浓深情的留言条。“敖老师，这段时间，我们都很想念您。离开您的日子，我们像掉了魂似的。”“敖老师，您的语文课，大家都很喜欢。我们离不开您，您要好好养病，我们等您回来。”“敖老师，我们能写漂亮的钢笔字了，感谢您对我们的耐心教诲。”“敖老师，您送给我们的课外书，大家都争抢着阅读，对我们很有帮助，我代表全班同学感谢您。”

目睹这些富含深情的文字，我的胸中有一团烈火在燃烧！新一轮的感动冲击波又来光顾我。我坚信，“园丁”是人间最美丽的词汇，教师是人间最高尚的职业，师生情是人间最纯真的情感。现在想想，我备课时耗费的时光，批改作业时内心的煎熬，上课时循循善诱的用心，编辑班刊难免的琐碎……这一切都有着重要价值。今天，我不是遇到人生的金秋了吗？我只想要一片绿叶，他们却给了我整个绿洲；我只想要一朵鲜花，他们却给了我整个春天；我只想要一颗星星，他们却给了我整个星空！

按照医嘱，我这种严重的伤情至少需要静养半年，平时尽量不要操劳。然而，我的康复还算满意，养足三个月，便返回三尺讲台。

我的到来，令同学们欢呼雀跃。因康复期短，我走路时重心不稳，有一点飘。下坡路段，总会有学生来搀扶、帮着我拿课本、水杯等物品，陪我一路聊天。宿舍停水，还有学生帮我到一楼去提水。上课前，会有学生帮我接开水。上课时，学生们看着我体力难支，便劝我坐着授课。遇到早晚自习，还有学生执意请我吃早晚餐。哎哟，这哪里是来上课，简直是换个环境让学生们照顾我！这感动的冲击波来得很猛烈，在我的心湖泛起了白浪花。

荡秋千的女孩

燕在我的语文课上很不安分，时而抓耳挠腮，时而坐姿不雅，时而交头接耳。为此，我多次找她，苦口婆心地交流。她似乎也乐意接受，但始终不见悔改。我已黔驴技穷，只得暂时作罢。

一天，一位男生送来燕的恐吓信。语气强硬，用词刻薄，彻底颠覆了她在我心中的形象。杏坛生涯中，我还是头一次被女生骂得惨不忍睹。

其实，两年前的她，品行端正。可是，一位不速之客的到来，彻底改变了她。他一来，妈妈变成了姨妈，爸爸变成了姨爹，不速之客成了爸爸。出现这样的局面，源于生父对一份口头契约的反悔。燕出生不久，便被送给了姨妈家。后来，燕出落得亭亭玉立，生父便执意要把女儿领回家。

从此，燕的生活费便由生父提供。她多年来在富源生活，对姨妈一家的情感依赖自然很深。生父只得做出让步，同意女儿在姨妈家这边上初中。她曾告诉我，周末既不想回老家，也不想去姨妈家，今后也不想在富源上高中，只想能去多远去多远。

内心深处，她最想待在姨妈家，可是身份的逆转，彼此间的距离在无形中拉开。生父那边，她就更生疏了。从小就抛下自己，从未有过疼爱和关怀，哪怕去老家待一分钟，那也是遥遥无期的煎熬。然而，生父已经做出“终审判决”，要想拿生活费，周末必须回老家。燕在姨妈和生父之间来回摇摆，犹如被绑在了秋千架上。

我也曾安慰燕：“你就坦然面对吧，主动去弥补与生父之间的裂隙，保持好与姨妈一家的亲密感情，走好今后的每一步人生路。”她还没来得及回答，我不经意间发现她手背上有一条紫红的“蚯蚓”。我穷追不舍，她才告诉我：“周末回家，我妈不给生活费，双方便扭打在一起。我抓破了她的左手，她抓破了我的右手。”

原来，现在的母亲是后母，生母前几年离婚后远嫁了。生父长年在外漂泊，后母在家操持家务。燕迫于无奈，周末不得不回老家。然而，她始终不愿叫后母一声“妈妈”，后母自然左右刁难。于是，战争的烟云久久不散。

爱出现了真空，人世间，她无人可信，一粒叫叛逆的种子提前发芽，并且长势迅猛。风似乎刮得越来越疾，荡秋千的女孩明显失衡，不知何时才能停下来。

不足一米的巨人

上午九点四十，我准时从宿舍赶往操场查看学生跑操。在操场的入口处，我看见了一位肌瘦的中年男子，形象特殊，特殊的不忍去描述。

他的衣裤陈旧，但不脏乱。专注的目光，在涌动的人潮中寻觅着什么。最不忍说的是，他双脚的脚踝以下部分都被截肢，前端裹着布条，膝盖以下包着塑胶皮。他跪立在道旁，高度不到一米。

我感到十分诧异，难道他是进入校园乞讨？然而，正常的乞讨是在街道、桥头或路口。我继续观察，不见他面前放置接币的口缸或瓷碗，没见他伸出手掌准备接受施舍，没听到“大家行行好”之类的乞语。

过了一会儿，一个女孩跑来和他说话，他从兜里掏出100元钱递给她。递钱的瞬间，对话的场景，都充满感动。女孩赶去跑操，我情不自禁地走过去，与这位兄长攀谈。原来，他是为孩子送来生活费。他行动不便，本应受到照顾。可是，不仅没有谁照顾他，而且他还跪着赶来给孩子送温暖。

谈话中，我不忍问起他的双脚。或许出过车祸，或许劳动时受过重伤，或许遭遇某种足病。我只能去猜想，害怕问话会引起他的伤痛，担心残忍的画面再次回旋在他的脑海。同时，我担心引起误会，还以为我仅仅出于猎奇，才打探他的过往。不管怎么说，他的双腿有过一段残忍的历史，对他来说是一种毁灭性的灾难。这块伤疤，我不忍去触碰，只是安慰他说："你行动不便，要多注意休息！"他坚毅的神情透出一丝淡淡的微笑。

几分钟的接触，我对他的了解并不多。本想问问家人是否善待他，经济来源如何，有没有得到政府和他人的帮助，孩子的学习情况怎样，他的内心世界呈现什么色彩。然而，就这几分钟，足以感染了我，那种难得的坚强，那份无与伦比的父爱，那种面对异样目光的豁达，那种跪着行走的努力……每一种可贵品质，都是常人急需的营养品。

离开的时候，他跪着行走，如一条虫子在蠕动。对于常人，这速度很慢；对于他本人，已经很快了。阳光迎面照在他身上，留下一道浅黑的背影，渐渐消失在我的视线中。我的内心先是袭来一股寒潮，接着又涌起一股暖流。他不足一米，但在我眼中是一位巨人。他至少没有走上行乞之路，而是依靠残躯撑起一片蓝天。

一双明亮的眼

我任教的班里有一位女生，个子中等，一身皮包骨，笑容会打漩，睫毛会跳舞，她就是琴。她的学习并不理想，还患有健忘症。知根知底，我也就没有给她施加学习压力，哪怕偶尔批评也很温和，就连激将法也放弃使用。尽管形势严峻，她还是充满阳光。

有时，琴返校常常忘记物品在家，听课心猿意马，忘了同窗的姓名而被误解，噩梦过后精神萎靡……凡此种种，我会给她家里打电话，希望父母及时赶来，共商教育对策。每个电话都是琴的母亲接，结果都大同小异，或家务繁忙，无法脱身；或农活太多，分身乏术；或打着零工，请不了假……所有理由打包，足有一火车。每次邀请，都令我沮丧。还好，对方态度中肯，语气温和，不摆架子，不斤斤计较。

进入初三，学习的担子更加沉重，正常人都谈苦色变，就不用说琴了。事实证明，她的体质下降得更快。最严重的一次，一天内昏迷过两回。我只好又拨通她母亲的电话，毕竟情况特殊，关系到她女儿的生命和健康。我道出真相后，她竟表示立即赶来，答案让我出乎意料。

当琴的母亲在校园出现，我的心紧紧地收缩了一阵。一位手拄盲杖的母亲，眼眶凹陷成两口枯井，头发花白，腰也佝偻，脸庞的皱纹仿佛松树皮。

我正担心她的人身安全，想询问究竟是怎样出门乘车，如何找到学校，她却忙着解释之前的事："做梦都想来看望女儿，琴是我活下去的勇气和理由，但是害怕自己的形象给女儿丢脸。"

倾听了诚恳而富有深情的讲述，我的心里有蚂蚁在爬，眼里有虫子在钻。我挤出一丝微笑，表达对她一定程度的理解。然后，我继续询问："那孩子的爸爸就这样袖手旁观吗？你行动不便，他总应该挺身而出吧！"她不屑地回答："你是说那只白眼狼吗？前几年就跑了，跟死了没有两样。”

听到此处，我快要禁不起泪水的侵袭，便主动转移话题，问阿姨抚养女儿的事。她很乐观地说：“只要琴能往上读，我愿抚养到她大学毕业。至于眼前的困难，这都算不了什么。”最后，她带着琴回去调养。

是啊！一个高贵的盲人，比一个世俗的健全人有用！她心中有爱、有坚强、有梦想，深藏着一双明亮的眼睛，永远能够洞察人情世故。

敏的父亲

新生入学后，学校要求统计家庭信息，一个叫敏的男孩引起了我的注意。

敏是独生子，这让我条件反射似的想到，父母肯定离异。在农村，一对夫妇养育两三个孩子早已司空见惯。只会嫌少，哪会嫌多？同时，敏的家庭还属于建档立卡户。顺着预想的思路，敏的父亲离异后，肯定思想沉沦、好吃懒做，成年累月醺醉在酒香里。没有收入，生活过得拮据，演变到穷困潦倒……

一天中午，我通知敏的父亲送独生子女证到学校，他居然下午四点左右就迅速赶到。说是接到我的电话时，他在山上放养牲口，然后立即把牲口吆回家，乘车火速赶来。还有一次，敏的脊背上起了疙瘩，痛痒难耐。暮色降临后，敏的父亲带着忙碌了一天的疲惫，连夜从老家包车赶来，领儿子去医院治疗。经历这两件事后，我觉得他不像是冷落子女、办事拖沓、浑浑噩噩的人。

直到家访那天，我才了解到事情真相。刚进门，我看到了完整的三口之家，内心既惊奇又开心。为喜剧性的现实而惊奇，又为家庭的团圆、和谐而开心。同时，为敏的父亲有一位贤惠的妻子感到欣慰，也为敏有一位善良的母亲和明理的父亲感到欢喜。

其实，敏的父母何尝不想再添一两个孩子。然而，事与愿违。敏的父亲有难言之隐，又不便诉说，于是，他递给我一本病情诊断书。我仔细端详，惊诧不已。原来，敏出世后，父亲便患有不育症。敏的父亲转述医生的话，说男性患这种病的概率是十万分之一。

还好，敏的父亲很乐观，认为将所有的精力花在儿子身上，只要他成人成才，辛苦一辈子也无遗憾，且自己晚年同样有依靠。他尽管遭受十几年的病痛折磨，身体羸弱，适应不了打工的苦活。然而，家里的农活、家务却不遗余力去做，尽管过得清贫，但他通情达理、呵护家庭，妻子始终与他相濡以沫，同甘苦、共患难。

一个历经困苦和磨难的家庭，因为有着一根乐观而坚强的主心骨，这个三口之家同样不缺少幸福和快乐。相反，他们的亲情在岁月的沉淀中会变得更浓，且持久地散发出迷人的清香。

我的 364 班

刚负责接手初中 364 班的时候，班级一片散沙，各自为政，同学们对班级和他人的冷漠令人心痛。好几次，我都无法入眠。

开学第一天，男女生宿舍里的垃圾，没有谁主动打扫。上晚自习，没有谁自愿开灯。这些举手之劳的“家事”，他们把它当作外人的事了。同学之间，总为鸡毛蒜皮的事吵闹。比如，书桌里摆放的东西越界，搭在桌面的手肘越界，接饮水插队，橡皮擦没答应借就被拿走，撞到别人没道歉，睡觉时同床占用被子太多，借了钱没按时归还，等等。

通过观察和了解，我发现学生们过于自私、狭隘，博爱教育迫在眉睫。接下来，我开始树立班级正能量。凡有主动积极做好事的同学，哪怕像擦桌子、擦黑板、捡起一张废纸等小事，我都会对他们在班上予以表扬，让这些同学谈谈自己的想法，也让其他同学说说自己的观感。

同时，我还将每件好人好事的信息打印出来，张贴在教室里。我还拍下来传到家校交流群、学校工作群、朋友圈、QQ 空间等，让更多的人了解到这些信息，进而让做好事的同学有着浓厚的荣誉感以及被认可的幸福感，促使他们继续做好事、再接再厉。也让其他同学在无形之中受到影响。

经过一段时间的实践，产生了显著效果。同学之间谁买来了蛋糕、饼干、橘子等零食，总会掰开来，你一份、我一份、他一份，虽数量不多，但大家笑得合不拢嘴，同学之间其乐融融；搬桶装饮用水，尽管安排着值日生去搬，但总会有人主动请缨，不辞辛苦；分发营养餐奶，同样是排了值日的，也总会有志愿者奋勇当先，顺利从分发室抱到教室，有序地分发到同学们手中；谁身体欠安、呕吐了，会有人捶背，有人打扫，有人递餐巾纸，场景很是温馨……

如今，提起亲手栽培的364班，自豪和骄傲之情会自然而然地涌上心头。每当回忆起这些暖人的镜头，一张张稚嫩的脸庞，一双双渴求知识的眼睛，始终浸润着我柔软而舒适的心田。

孤独的嗅觉

叶浅韵

我已经很久闻不到世界的味道了。鼻炎犯得严重的秋冬，漫漫长夜，嗷嗷地难受。呼吸的开合，让嘴皮和舌苔风干成裂。靠着这一进一出的气，活着。终是体会了同样是鼻炎严重的小妹的痛苦，她向我丢来四个字：生不如死。那时，我还说她矫情。待我历经时，才知真相。

在这两年中，我曾有过两次喜极而泣的小经历。一次是加满油箱时，另一次是楼下的桂花开时，我以为我的嗅觉回来了，巴不得把快乐的心情分享给天空和大地。心花怒放了好一会，然后很沮丧地发现，我的嗅觉在跟我玩躲猫猫。

自从我失去嗅觉功能后，我的想象力像是长出了一对儿小小的翅膀。我凭着记忆辨别灰尘的味道，狭窄的楼道里老鼠奔跑的气息，衣柜里樟脑丸的味道。每当有异味入侵我的鼻子时，一个喷嚏接着一个喷嚏的预警，让我感知我的嗅觉并没有完全离开过，它只是一时孤独了。

从小到大，从来没有离开过火腿的滋养。煮火腿的香味从鼻孔里爬进来的时候，大约应该与登徒子见美人流出的哈喇子别无二致。记忆中存留着一些关于火腿的细节，火腿发酵成熟时，父亲从楼棱上放下一只，用牛骨针或是篾针戳下去，拿出来让母亲闻，以检阅它的好坏。香的还是臭的，全在母亲的鼻息间打转儿。有时，盐轻了，火腿就坏了。臭了的肉只能丢了。父亲是闻不到任何味道的，我不知道什么时候，他就失去了嗅觉。我从未见父亲报怨过，倒是被母亲拿出来嘲笑，说他是不分香臭的人。父亲一阵哈哈的笑声过后，还是需要借助母亲的嗅觉来辨别火腿的质量。

父亲在睡着了的时候，鼾声如雷。母亲说他是一个夜夜拉风箱的人。那时候，我们不知道这是一种疾病。直到某一年，父亲的两只鼻孔已经完全出不得气，需要借助嘴巴来呼吸，他才去医院做了手术。但手术没有令父亲重新获得嗅觉，只是呼吸通畅了。再过几年，父亲的鼻孔又回到从前。直到他离开我们，也没有人切身体会过他的痛苦。后来，他的苦痛慢慢移植到了妹妹和我的身上。在多方治疗无效后，我更愿意理解为是遗传基因的强大。

来了远方的朋友，便急着要把最好的宣威火腿拿出来。金钱腿用文火煮熟切片，陈年的老火腿芯子可以生食，用最精的刀工切成薄片，胭红落在盘里，味蕾已经徐徐开放。朋友说，快闻闻，特别香。我凑上去，什么也闻不到。朋友夹起一片火腿，创造性地把它们放进两片松茸中间，放进嘴里，大呼美味。然后，把一盘火腿和松茸迅速扫光。松茸的鲜与火腿的醇搭配在一起，绝妙地在舌苔上跳出芭蕾舞的美妙身姿。

这一只只“身穿绿袍，形似琵琶”的宣威火腿，从父老乡亲们的牙缝里省下，从家家户户的门槛里走来，它不仅托举着宣威学子们走出大山，更是创造了无数奇迹。在餐桌上，无论与什么菜品搭配在一起，它总是穷尽其本色，令人拍案叫绝。

火腿的香味可以在舌尖上辨别，它们一直是生活的一部分。鼻炎也是，在可以忽视的地方，我们没有重视它。好像生活在这个地方，被这样的气候浸泡着人们，鼻子里的炎症就该是自然一样。大弟上高中时，感冒拖久了患上鼻炎，我带他去看了一个老中医，几服药下去，也就好了。为寻这样一个老中医，我走遍了大街小巷。经年远去，他可否安在?

张着嘴巴呼吸的夜晚，梦就像一个个碎片，无法缝补。干燥的嘴里像是有火，一点就着。我用父亲的呼吸在秋冬的夜里睡着、醒来，用妹妹的心去感知生死。常常觉得空气都要在我的身体周围稀薄了，我拼命地用鼻子和嘴巴探寻着空气中的氧离子。

当有一天，几个人捂着嘴巴说煮糊了的味道，而我浑然不知时，我真正地意识到我失去嗅觉了。带着某种慌乱，我迫于考证我能拥有的一切。我使劲地用鼻子凑近那些香水的瓶子，希望能发现些味道的端倪。除了几个响亮的喷嚏，一把鼻涕和眼泪，再无香气袅袅入鼻。闻香识女人，这样的说法在我这里就没有了安身之处。对臭男人这样的字眼儿便也失去了免疫的功能。世界的香臭，与我都疏离了。

但我对火腿的热爱一直未曾减弱。在睡不着的夜晚，除了细数伤心和风声，也会去想想火腿的香味。想着想着，我就饿了。深夜里失眠的女人大多离幸福的距离就远了，还好，想象比黑夜更加辽阔。想父亲的冷，想自己的凉。身体的疾病和心灵的寂寥都被长夜慢慢放大，活着，当是一件多么悲苦的事呀！

我去看中医的时候，很想把自己藏匿进某一个装中药的抽屉里。每一种中药的名字都那么有诗意，从茯苓、白及、夏枯草到独活、知母、生地，像是生活中的所有故事都被罐装起来。

又一个不能入睡的夜，写了一首小诗："把身子骨交给一个老中医 / 从舌苔到脉象 / 还有一些逆风的悲伤，躲过 / 望闻问切 / 月亮睡着了。药还醒着 / 叫"独活"的中药有一个好听的别名 / 长生草。它们变身为苦黑的汤水 / 清洗我的罪过 / 生，可怕。长生 / 更可怕。看到人类将实现永远生的愿望时 / 我想潜回母亲的子宫 / 请求她用几味中药，把我化了。"

有人说，这首小诗黑白相间，虚实相合，收放自如，有些小禅意小韵味在里头。其实，于我，它就是一味中药。当我像挤奶女工一样把这些文字排列组合完成后，天就亮了。

吃完火腿，来年还有新的。空气中的氧离子也还在，只是我对世界的要求却越来越低了。在这即将来临的夜晚前，我祈祷一个完整的梦。我已经很久没有梦见父亲了。

云水记

崔玉松

印象云水

我毕业的时候，工作包分配，我们是被动的。

作为外招生，应该可以选择。不过是厂选我们，不是我们选厂。至于云水厂是怎么选中我的？我根本不知道，估计选的是我的工种， 我是钳工。我们学校流传着一句话，万能的钳工，伟大的车工，吊儿郎当的电工。其实，钳工是手艺活，全靠一双手。车、铣、刨、磨全都得靠机床。至于电工，是我们最羡慕的工作了。拎着个电工包，哪个车间有事，还得请，才过来接电维修。

云水是个典型的大三线厂。大三线是什么意思？估计好多人都已经不太清楚了。其实我也不是很清楚，听说，这是一个战略决策，也是一场革命。“备战备荒为人民”“好人好马上三线”说的就是大三线。那是一段激情燃烧的岁月，提起这些，师傅们总会浮出一脸的骄傲。更为骄傲的是，云水厂是云南164个三线企业中38个军工企业之一。作为大三线的一个代表和缩影，云水厂按照“靠山、分散、隐蔽”的要求，藏到了云南乌蒙山西南麓的大山里。

云水厂始建于1970年，和我同岁。当然这是好多年前的事了。我分到厂里的时候，是20世纪80年代末期，他们刚刚度过了艰难的军转民时期。抓住烟机国产化这个契机，成功转型，生产烟机。按照当时的说法，叫“二次创业”。

我记得很清楚，我和另外几位同学被厂车拉到云水的情景。从昆明往曲靖方向走，过了马过河，王家庄镇政府前边右拐，转入……就是云水厂的地盘了。

车没有从厂区走，而是从厂区后面的山坡往上爬。山大、坡陡，大货车像一头负重的老牛，哼哼唧唧，终于到了山顶。下坡的时候，我看到路两旁都是一排一排的房子，劳资科的人指着这些平房告诉我们，这是一福利区，坡脚左边就是单身食堂。

单身食堂到了，单身宿舍一定不远。

果然，半山腰稍平的地方有三栋两层的楼房。同行的男同学在第二栋楼房前下了车。我和另一个女生住第三栋。第三栋楼小得多，房间也不多，上上下下也就十来间。工厂女工本来就不多，外招的就更少了。

厂区确实隐蔽，躲在一个狭长的峡谷里。梧桐、白桦、松树就像一块绿色的大棚，将工厂掩藏起来。工厂延续了之前的管理，上班时间一到，厂门关闭，里面的人想要出来，必须有车间主任的条子。外面的人想进去根本不可能。

厂区中间有一条一米多的排水沟，入口在供销科前面。之所以提到这个入口，是因为这是除了厂大门另一个进厂的地方。云水厂制度完善、管理严格，上班号结束，大门一关就进不去。一天不上班，奖金扣光不说，还得扣工资，或者罚款。我们紧赶慢赶，还是迟了几分钟，门是进不去了。我们只好从排水沟的入口钻进去。不过，雨季是不可能的，水大，钻不进去。下雨天还有一条路，稍远，八车间后面的围墙倒了几块砖，我们从那里翻进来了。

老师傅们都知道这个入口，常常在我气喘吁吁冲进车间的时候，笑我，“为人进出的门紧锁着，为狗爬出的洞敞开着”。我吐吐舌头，噘着嘴冲进更衣室，换上满身油污的工作服，穿上长年被油浸泡后严重变形的翻毛皮鞋，悄悄坐到师父身边，开始一天的工作。

休息时间，我用边角料为自己添置了不锈钢的锅铲、汤勺、撮箕、衣架。有的青工胆子大，还会做鞋柜、书架。其实班长是知道的，老师傅们不但不说，还会在一旁指导。初入工厂，工资低，舍不得花钱购置用具，全都自己动手。连电炉都是自己用耐火砖抠出来的。我还给爸爸做了一个不锈钢的水烟筒。

我分到云水的时候，云水厂有九个车间。九个车间各有各的重心，一车间木工，二车间铸造，三车间和四车间机加工，五车间车铣综合装配，六车间和七车间钳工装配，八车间铆工装配，九车间电控装配。各车间各自为政，又相互配合。九个车间都有自己的技术组，负责本车间的质量指导和监督。每个车间还配一个检验员。厂里还有相应的技术科和检验科，每道工序完成，组装测试以后，由技术科和检验科的人检测验收后办理相关手续，产品才算合格。

云水厂有自己的子弟学校，从幼儿园到高中。有舞厅、电影院、银行、商店、食堂、澡堂，该有的都有。从单身楼到俱乐部有两公里左右，周末放电影、举办舞会的时候，我们才去。女单身楼对面就是厂区大门。门的右侧还有一个小农贸市场，周围的农民会把地里的蔬菜拿到这里来卖，职工家属种的菜吃不完，也会拿出来卖。左侧是几间小屋，是私人开的小商店、早点铺、麻辣烫店。

云水离镇上有七公里，周末的时候厂里有车到镇上赶街，还有一趟上昆明下曲靖的车，说起来还算方便。不过上昆明下曲靖这样的事对我们来说少之又少，尤其是去昆明，记忆中只去过一次。好像是有一年的三八节，我们车间的女工委员带着我们去过一次昆明，逛了一天的街。

一般来说，我们的活动范围大多在厂区周围，一些生活用品也都在门口的小商店里买。大商店远，几乎不去。一个单身女孩，好像没有太多要买的东西，也舍不得花钱。我刚工作那年，是学徒工，每月才八十块钱的工资。师父让我每月存五十块，他教我要学会节约，更要学会储蓄。我在工行的分理处开了一个存折，存折就放在工作人员手里。每月发工资，交五十块钱给他，零存整取。一年以后全部取出，换成一张整存整取的存单。当时，所有的外招生都会存钱，存折也都交给银行的工作人员。我们延续了上辈人的勤俭节约，也延续了老一辈人相互关照的美德。

厂区里最漂亮的地方肯定是办公室，一栋六层小楼。厂办、工会、财务科、劳资科、广播站等，全都在这栋楼上。侧边横着一栋四层楼，是技术科、销售科。办公楼周围种满了各种花草，印象最深的当数五颜六色的月季和香气袭人的玉兰。爱花的我晚饭后常常在这里游荡，每一朵花几时打骨朵，几时初绽，几时盛开，我都清清楚楚。一天中午，打开水的时候遇到同样爱花的兰兰。我告诉她，办公楼的玉兰开了，胖乎乎的。第二天一大早，她跑到我们车间，偷偷问我，办公楼那朵玉兰是不是你摘的？我急了，跑去一看，果然没了。看来盯着这花的不止我一个。

秋天到了，路两旁的梧桐叶开始变色。深绿、暗黄、浅红，整个厂区变得热闹而绚丽。这样的绚丽是短暂的，秋风一起，秋雨一下，叶子开始飘落，一片片落叶把路两旁的水沟堆得满满的。我总会在叶落冷雨的深秋想念围着火炉里聊天的父母，想念总是不听话惹爸爸妈妈生气的兄弟姐妹，想念炉火里烤洋芋的香味。不过，这些是不能跟别人说的。谁都看不起长不大的孩子，我都快二十了，这些小伤感、小情绪必须自己调整。

将暮未暮，顺着厂区，踩着飘零的落叶，一个人从厂区后大门走出去，扶着大桥上的铁栏杆，火车像一条火龙飞驰而过，向远处飞去。它会在我家那个小县城停留十分钟，那是进滇的第一个大站。我好像看到自己背着包，从车站出来，走在回家的路上。偶尔，我会把录音机打开，跑到单身宿舍前面的小坡上，找个没人的地方，听《高山流水》《平沙落雁》《渔舟唱晚》等古筝曲。

我在云水的时间不长，三年。时间虽不长，但我知道了很多秘密。我知道我们车间背后的山上有野生惠兰，一穗花茎上有一串花，发出幽幽的香味。四车间旁边山上的是豆瓣兰，两三朵靠在一起，像剥去外皮的豆瓣，没有香味。八车间左边，爬上台阶，有很多的琐莓和白泡，中午吃过饭，拿着打饭的搪瓷口缸，半个小时就能扯满。从右边上山，可以捡到能吃的假青头，这是一种长得很像青头菌的野生菌，味道跟青头菌一样鲜美。厂区的最高点，是八车间背后那座山。山顶有一大块平地，据说有人在上面练武功。那时，《射雕英雄传》《天龙八部》正在热播，我们确信，山顶上一定有高人。虽然，我从来没有遇到过。

尽管有花有鸟，有野味有高人。我还是觉得云水的日子，大多是寂寞的。这种寂寞来自内心对未来的不确定和对目前境况的不甘心。这种不甘里面也隐藏了不自信。我不知道其他人是不是也这样，反正我就是有这种感觉。我觉得自己就是一只青蛙，抬起头来也只能看到云水这一片天，这让我感到惶恐。

工作是人生的开始，也是一个人走向成熟的标志。只是这深山里的成熟反而显得更加单纯。现在想来，尽管惶恐，我依然按时换上沾满油污的工作服、穿上变形的翻毛皮鞋上班、下班。完全屈服于命运的安排，即使偶尔迷茫，不甘心青春被云水慢慢耗尽，也只是到河边抛抛石子，发泄一下，砸出一溜的浪花而已。

相比我的茫然和忧郁，我们车间的人好像没有想这么多忧愁，他们快乐得多。

钳工班

我毕业以后就被分到六车间。六车间有四个班组，车工班、铣工班和两个钳工班，还有技术组、工具室、材料室。我在钳工一班。

我们班有十五六个人。之所以不确定，是因为厂里有规定，大中专毕业生必须到车间干一年。我们班每年都有大中专生，一年以后，他们才会分到各个科室。有四个云南人，班长、老李师、杨师和我。班长姓张，一头的卷发。活计跟不上趟的时候，就使劲挠头，把满头的卷发挠成一蓬乱稻草。因为老李师是云南人，师傅们从来不叫他的名字，直接就叫他老云南，他这个老云南也是从北方调过来的，已经不会讲云南话了。杨师是女的，皮肤黑，劲大，干活靠蛮力。据说，生孩子那天，她吃了整整五十个鸡蛋。老公不在家，她自己把孩子生下来，饿了就煮鸡蛋，饿了又煮鸡蛋，生生吃了五十个。

另外还有我师父、龙师父、姜师父、范师父、倪师父，另一个杨师父也是女的。龙师是焊工，湖南湘西人，常常跟我师父斗嘴。他有一个漂亮的女徒弟，是我们厂五朵厂花之一。倪师也是焊工，好像年纪不小了，还是单身。工种嘛，除了我和师父是钳工，其他都是钣金工。六个青工里面，有四个是厂子弟。

六车间钳工班大体由这些人组成。我们车间主要生产烟机里面的烘丝机和振动输送机，这两样东西被称为烘筒、振槽，通俗好记。

干活的时候，各负其责。我和师父钻孔、攻丝，管理、使用车间唯一的一台摇臂钻床。龙师带着他徒弟、倪师负责焊接，其他人负责烘筒的制作、校正，杨师带着我师妹用五毫米的铁板做天方地圆及其他配件，把整机从方形通道转换到圆形通道。

每个班都有一个更衣室，女工专用。是铁皮焊成的，里面焊上很多钩子，用来挂衣服。男工嘛，一律在自己的工具箱前换，怎么换？我真不知道，现在想想，闷热的夏天，他们是否依然在工作裤里穿上自己的裤子？

休息的时候，男工人都会跑到车间外面抽烟，我们也会跟出去，听他们聊天。老师傅们斗嘴多数是在这种时候。老龙师说，从前有一个哨兵是沈阳人，有一天忽然发现来了一个人，赶紧跑步报告，报告首长，来了一个营。

首长赶紧集合队伍，做好战斗准备。人到了，一看，是一个人。东北人人、营不分，口音较重。我师父肯定要反击，他说，火车行驶的声音，原本是"呜，哐当哐当，呜，哐当哐当"，进入湖南地界，声音就变成，"乌龙，剿匪，乌龙，剿匪"。龙师傅是湘西人。

更多的时候，我们几个女工舍不得浪费这点时间，趁机跑到工具室，躲在工具室织毛衣。我们每个人都有一个袋子装着织了一半的毛衣，停电、缺材料、休息，反正，有空就去织几针。我们也会延续师傅们的话题，说说各地的方言。工具室的保管员姓曹，车间林主任的老婆，好像是浙江一带的人，说话像唱歌。有一次她说了一段浙江话，至今我都没有忘记。她一个人学母女两个说话，我们一句都听不懂。她说，来发，米梭西多来，噶米梭西多来？来米梭西多来，来多来多。天哪，这简直就是唱乐谱嘛，一句都听不懂。她又用普通话翻译，原来妈妈对女儿说，来凤，面纱线拿来。女儿问，什么棉纱线？妈妈说，蓝面纱线。妈妈叹道，懒惰懒惰。我们笑得打滚，眼泪都笑出来。师妹一边织毛衣一边学，手里的毛衣掉了两针，发现的时候已经织上去一大段，只好拆掉重织。

姜师傅年纪还轻，正宗的山西人，人长得高大。常常把我当孩子逗，说我钻狗洞的就是他。其他师傅，我怕，他，我不怕。班长或我师父有事让我叫他，我就会跑过去，喊，萝卜丝，班长叫你。他会摘下手套，朝我丢来，笑骂道，小死丫头。累了，大家都会到后门外的空地上休息。我会蹦蹦跳跳跑进车间，给他们提水壶。姜师会说，死丫头，好好走路，小心把水壶打烂。我师父忙叮嘱说，慢点慢点，别烫着。

车间里的活又苦又累，我却没有发现哪个虎着脸。机器声、铁锤声很响，他们就笑得很响。好像日子本来就是这样，没有什么大惊小怪的。在厂办、技术科、检验科那些人面前也一样，大声说话，从来不会因为自己是工人就觉得低人一等。在云水，人与人是平等的，只要你技术好，不偷懒，走到哪里都受人敬重。

我们车间的烘筒，焊接起来，要用木榔头校圆，电砂轮抛光，然后一筒一筒接在一起，安上压条，再拿到组装车间组装。校烘筒是我最受不了的时候，榔头敲在铁筒上，耳膜震得生疼。有一天早上，我喝下去的豆浆，硬生生被他们一榔头一榔头敲了出来。我丢下钻床，跑到车间门口吐光，还被他们取笑。

我们组小黄的眼睛被氩弧焊光炝到，又红又肿，就像捅了马蜂窝，被几百只马蜂叮了。师傅们告诉他一个妙方，每天用人奶点若干次。方法确实有效，不是故意整他。只是，去哪里找人奶？还是师妹认识的人多，硬是从二车间找到一个哺乳期的妈妈，用瓶子给他要了一些。

烘筒做好了，在技术员、检验员的指导下进行组装、测试。这一天一定是要加班的，早早就得跟食堂联系，让他们准备盒饭。盒饭不用自己出钱，年底班组跟食堂结账。

吃过饭，抽根烟、喝杯茶，不用喊，大家都会抓紧时间干活，早点干完就能早点休息。组装测试合格，我们全副武装，戴上帽子、口罩，一遍又一遍刷上防锈漆。防锈漆干后，又用喷枪把烘筒喷成果绿色。我们的手也沾满了油漆，怎么也洗不干净。只好用棉纱蘸汽油擦，整双手泡得发白。冬天更糟糕，满手的血裂子。

果绿色成了云水厂的主色，家家户户都会把家里的白墙刷上一米左右的绿漆，既新鲜又漂亮。我的宿舍当然也刷果绿色的漆，隔宿舍的帘子也是果绿色的。云水厂的人非常喜欢这个颜色，不知道是不是因为云水到处都是绿色？早上起床，拉开房门，那醉人的绿啊，永远充满了生机和诱惑。

冬天常常在凄风冷雨中来临。车间周围的梧桐树掉光了最后一片叶子。厂区显得冷漠萧条起来，车间里的机器声似乎也有些单调。年底，分给车间的生产计划基本完成，钣金工手里没有活了。我和师父还有事，一个孔，一根压条，一个螺丝，我们的活小而精细。师傅们要么躲在工具箱后面聊天，要么在车间外面自己开的地里种菜。师妹她们一定又去工具室吹牛、打毛衣了。我有些坐不住，又不敢跑。

精细的活师父不敢再让我干，出了次品整个班组都会受到影响，奖金会被扣。安全科的人闲着没事，常常往车间跑，头发没有别进帽子要扣分，不戴手套要扣分，冷却液使用不当要扣分，恨不得把年底这点奖金扣完。

班长会在我无聊的时候来到钻床边，跟我师父说，老阎师，休息休息，慢慢干。我师父总会说，好嘞，干完这几个就休息。班长走后，师父对我说，丫头，收拾工具，打扫卫生，跟他们玩去。有的时候，师父也会说我，玩去吧，我收拾机床。我会忍着那颗早就跑远的心，说，不用，我擦完再走。师父一挥手，把手套取下来，说，去吧去吧，我来弄。

我飞也似的冲进换衣间，三下五除二，换上衣服，直接往工具室跑。杨师她们的毛衣早就织了一大截，看我进来，赶紧挤挤，让出位置。

快过年了，车间开始筹备聚餐。那时候效益好，车间班组都有点经费。这些钱用来付加班时的餐费或聚餐费用，偶尔也会到厂医院背后的河边野炊。

最让人难忘的该是杀牛了。那头牛可真壮，屁股圆圆的，毛皮光溜水滑。老云南和老范师在周围的村子里尾了三天，才买回来。老范师说，人家不卖，说开春还要犁地，我俩又是发烟，又是吹牛，硬是把它买了回来。花了多少钱？不关我的事。我从来不管这种事，只要不用穿工作服，不用在钻床旁一坐就是半天，我就非常开心。

一大早，大家就在后边的空地上挖出一个大火坑，我们几个青工到山上找柴。杀牛的时候我不在场，师傅们总会找借口让我远离这种血腥的场面。我回来的时候，牛已经煮在锅里了。

男青工负责烧火，我们几个女同志专门负责削洋芋、洗菜、剥蒜。老师傅们点上一支烟，缩到墙角聊天。这一天，工作台全都成了桌子，装螺丝的铁皮盒装满了花生、洋芋片，牛肉用脸盆装，仅有的几个碗用来打蘸水。

班长让我烧胡辣子，我找了两根不锈钢焊条，敲掉上面的药皮，用砂纸抛亮，又用纸擦干净，夹着辣子在火上烤。班长过来看见，说，你这个可不行，太慢，还容易烧糊，看我的。他抓了一把辣椒丢进火洞，不停翻搅，不一会儿用铁棍扒出来，吹吹打打，就用手掐。我急了，喊道，不行，不干净，等我用纸擦一下。班长哈哈大笑，说，不干不净，吃了没病，胡辣子就要有点柴灰味才好吃。等我找到纸再冲回去，那些带灰的辣子已经在碗里，和芫荽、小葱拌一起了。那顿牛肉，我都不敢蘸料。

这头牛，我们一个车间六七十人，整整吃了三天。第三天，我刚进车间就觉得恶心，车间里到处都是牛肉味。这种味道与油漆味、氩弧焊味、机油味混在一起，说不出有多难闻。老范师说，连他家那条假狼狗都吃腻了，再把牛肉丢给它，它闻都不闻，扭头就走。

聚完餐，就该过年了。每次我都等不到厂里放假，连奖金都还没发，我就想回家。班长知道，我们组只有两个外招生，他会让我们先走两天，工卡交给考勤员，每天早上他们帮我们插卡，晚上就把卡同卡柜的钥匙摆在一起。人教科查岗，班长就说派我们去领材料了。

远离城市的云水工人，依然保持着中国人几千年来的优秀品质，勤劳善良、真诚直率。初入社会的我，得到了很好的照顾与帮助。尽管如此，我还是感到极度不安。

这种不安最先来自工作，我发现，任我怎么努力，就是做不好手上的工作。云水厂的老师傅们，天南地北的人都有，北方人多一些，云南人倒成了少数。在这些北方人面前，我实在太瘦太小。小小的我很受照顾，反而失去了学习锻炼的机会。师妹后进厂一年，钣金工，天圆地方敲得有模有样，已经可以独当一面。我还依然跟在师父后面，做一些划线、钻孔、上螺丝、打铆钉这样的轻巧活计。这让我看不起自己，也让我有些沮丧。从小接触的环境让我对这些没有温度的铁皮、钢材根本提不起兴趣。我其实很用心学，师父磨钻头的时候我跟得很紧，可我就是没法学会用眼睛瞅瞅，就能把钻头磨到钻出来的孔误差保持在一两丝以内。

那次工伤，我在宿舍躺了三天，整天胡思乱想。我隐隐觉得这份工作不是我想要的，或者说我不适合做云水厂的工作。可是，适不适合又怎样？我的认知里没有反抗和放弃，更没有重新开始这样的字眼。我只能服从，服从是对命运的无可奈何。那个年代，有多少人像我一样，屈服于命运，屈服于生活。干不适合自己的工作，嫁一个自己不爱的人。

还好，云水厂的人好，好人总会让人感到温暖，尤其是这个与世隔绝、隐蔽分散的云水。

师父

提起云水人，第一个要说的肯定是我师父。

师父是厂里有名的“群钻王”，是群钻磨得最好的一个，他的徒弟多了去了。我进厂的时候，他已经五十岁，不想再收徒弟。但阴差阳错，还是收了我。

能够拜群钻王为师，是我的荣幸。可惜，我一直没把师父的绝招学会。按说，我就是冲着他这门绝技去的，奈何，我对工厂实在不感兴趣，硬是没学会。

徒弟应该怎么做？没有人教过我。听说万恶的旧社会，得给师父师母端屎端尿、洗衣做饭。不伺候好师父，别说学技术，就是赏口饭吃也不容易。我们那个时候当然不会，新中国，新社会，我们是工厂的未来。不过，脚勤手快、嘴巴甜总是不会错的。我无师自通，早早换上工作服，提着水壶到厂办对面的锅炉房打开水。回到车间，帮师父泡茶，顺便也帮周围的老师傅们倒上水。

师父徒弟很多，我还有一个师弟，外号“大吹”，倒不是针对我这个小崔取的，而是他本人话多爱吹牛。他是厂子弟，师父经不住他父母一次又一次央求，又收了他。师弟来那天，师父对我说，以后我再也不收学徒了，任谁说都不收。师弟跟师父的时候我已经出师，我们出师不用师父认可，厂里会组织过级考试，考过就转正，转正就算出师了。师弟转正后被调到太原，而我一直跟着师父，成了师父的关门弟子。

女孩子在厂里总是受人关照，像我这样远离父母的单身青工，就更让人心疼。师父管我叫“丫头”。这个叫法不知道怎么就传到了学校，有一次外厂的一个同学来玩，我师父在钻孔，我俩在一旁说话。那个同学问我，听说，你师父叫你丫头？我还没回话，我师父说了一声，叫丫头怎么了，你要来，我还管你叫小子呢。吓得我那同学转身就跑。

每天上班，我把工具找出来，把冷却油倒好。见师父去砂轮上磨钻头，我马上丢下手里的杂事跟着他跑到砂轮前。他还是不说话，弯着腰认真磨钻头，我就装着很谦虚的样子站在一旁看，其实我根本看不会。有时候，他也会把钻头递给我，说，来，丫头，试试。我屏住呼吸，仔仔细细地把像麻花一样的钻头磨了又磨，递给师父，他眯着眼睛，对着窗外的光看了看，摇摇头。最后，还是他自己磨好递给我。我也不管，根本没想过我要是学不会，磨不好，以后怎么独立操作？我蹦蹦跳跳跑回钻床旁，把钻头安上，开始干活。

刚开始钻孔的时候，师父会在一旁盯着我，教我，说，下钻的时候慢点，速度一定要均匀，冷却液要随时加。更多的时候，他都是亲自钻，我呢，就拿个小凳坐在一旁，帮他加冷却液，或者给钻好的零件打毛刺、攻丝。

我的心思常常在这个时候晃悠，一会儿想我妈，一会儿想头晚看的小说，实在无聊就四处张望。我就是在这种时候发现窗外的野玫瑰的，我忽然叫了一声，师父，你看，外面那个花，胖嘟嘟、肉乎乎的。我师父抬头一看，笑着说，哦，那个啊，野玫瑰。我说，我要去摘。他马上严肃起来，说，下班吧，下班后再去。我嘟着嘴不吭声。下班了，机器一停，工作服都顾不得换，就跑出去摘花。

我出师以后，师父也还这样带着我。很多活，要求高，每个孔都得用游标卡尺量，误差不得超过两丝。这样的活他就得盯着，不让我干。不过他从来不说，只是早早换好工作服，坐在钻床前开始干。偶尔，他会被主任或技术组的人请去，商量产品的事，我就自己干活。我把要钻的零件用卡子固定好。最先下钻的时候一定要注意，下得太快钻头会打滑，太重还会烧了钻头。

我总是很小心，用毛刷蘸上油，一点一点刷在钻头上。铁屑就像刨花扭成麻花从钻头两边源源不断冒出，我就特别想用手揪，当然，我硬是忍住了。我知道管不住自己的话，我的小手就会残废。我扎了一个马尾辫。师父总是告诫我，把头发裹好，塞进帽子里，千万别大意，头发搅进去就麻烦了。

我和小黄到手动液压机上做卡子。两人不常在一起干活，配合不太好。他按下液压机的时候，我看见不锈钢片不正，也没有多想，赶紧用手扶。小黄忙撒手，可还是压了下来。幸好他反应快，液压机下力不重。不过我的食指还是被压了，疼得直掉眼泪。小黄也吓坏了，赶紧跟班长请假，说送我去医院。师父不让，硬要自己送。他把手上的活一丢，就带着我往医院跑。一面跑一面说，丫头，忍忍，不会有大问题的。

自然没有大问题，连药都没上，食指没压破，只是瘀血。整个指甲盖全黑了，只能慢慢养。医院开了三天的假条。我不敢回家，也不敢告诉妈妈，我怕吓着她。我就在宿舍躺了三天，用一个杯子装上冷水，实在疼得不行，就放在水里浸一下。师父每天炖汤、包饺子让师妹送过来。

上班以后，师父也不让我干活，让我坐在一旁看着。

师父悄悄告诉我，那天不让小黄送我去医院，是怕厂里那些不明真相的人看见，瞎说。

师父常常干涉我的个人问题。刚进厂就告诫我，来单身楼找你那些小子，你要小心，都不是什么好孩子。有人请他做媒，他总是先问，哪里毕业的？说高中，师父毫不犹豫，一概拒绝，说，高中不行，这丫头爸妈都是老师，没有大学文凭，最好别讨没趣。师父对我说，没事你就来我家，我家仨闺女，别人不会说闲话的。师父家成了我节假日、周末混吃混喝的地方。偶尔不去，师父就会让师妹端着锅、抬着菜往我宿舍送。

师父是沈阳人，喜欢包饺子。既是徒弟，又常常混在他家，这类小事当然也会。只是，至今我依然没有学会师父可以一根擀面棍同时擀两张饺子皮的技术。多数时候，我只包不擀，包出来的饺子依然“孙子辈、爷爷辈的都有”。师父很奇怪，我居然可以用一样大的饺子皮包出大小不一的饺子。

师父的三个闺女，大闺女大我五天，小闺女还在上学。二闺女和我一个班组，杨师的徒弟，我也叫她师妹。师妹长得高大强壮，瘦小的我在她面前反倒像个妹妹，成了她照顾的对象。每个周末，我换上衣服，她就把我的工作服收走，带回家洗。

师父喜欢钓鱼。周六下午，休息的时候，我和师妹会到车间外面的地里挖蚯蚓，放到罐头瓶里，第二天再跟着他去钓鱼。其实，我对钓鱼没有什么兴趣，呆怵怵一坐就是半天，眼睛都看酸了，还不见鱼上钩，简直就是受罪。不过，在云水，喜欢受这种罪的人多了。长期以来，机器的轰鸣声、校烘筒的敲击声，很多人耳朵都产生了幻听，不上班也常常在响。钓鱼只是为了听听虫鸣鸟叫，享受一下大自然的宁静。

我和师妹离开师父到下游扯兔草。她男朋友家养着几只兔，最喜欢吃奶浆草。河边的奶浆草又高又肥，一扯就冒出白色的浆。等师父收好鱼竿喊我们的时候，已经扯了一堆，足够那几只兔吃上一阵了。

夏天的早晨，天是湿淋淋的，低矮的松树下绿草茵菌。厂周围的林子里早就走过一个又一个早起的人。草丛里有脚走过的痕迹，一步一个泥脚印，露珠散落，绿草更绿。地上有丢弃的菌子，不用说，一定是有毒的。师父带着我们往山里走，山与山总是延绵相连，我们根本不知道走的到底是哪座山，在哪里。反正，师父不在，我们是不会走这么远的。无论是干活还是玩，只要有师父，我就不会担心。我的依赖性就是那时候养成的吧。

空气里充溢着菌子的气味，腐殖土被雨淋过也会有这种味道，循着这种味道，总会发现菌子。不过，更多时候都是不能吃的毒菌。靠味道捡菌不靠谱，捡菌得认识菌窝，师父是认识菌窝的人，很多老师傅也认识。

师父在车间是技术能手，在家也是干家务的好手。烧饭做菜、擀面条包饺子，好像没有什么是他不会的。师母在开闭所上班，三班倒。师父心疼，包揽了大部分家务活。夜班的时候，师父还要去接师母。好几次，吃过晚饭无聊，跑去师父家，一进门就看到师父坐在沙发上，师母正躺在师父腿上看电视。只好装作没有看见，喊着师妹的名字往外跑。青春年少的我，对爱情所有的向往，莫过于此。

师父师母的爱情，不但让我向往，也让师妹羡慕。多年以后，我们各自成家，提起师父师母，她也表示羡慕和感动。我总以为，爱情这种东西是稀罕物，只在童话小说里，不会存在于常人身上。可我却从师父身上，看到了那种相濡以沫、琴瑟相谐的爱，这种爱让我在心底为爱情留了一盏灯，我渴望这盏灯能给我带来希望和光明。

师父不是一个话多的人，更不善于表达。他只是用心，用心做好工作，用心照顾好家人，也用心呵护着我。徒弟当然不比女儿，他不好直接管我的感情问题，只好一边干活一边交代一些应该注意的地方。他自己读书不多，因此对读书人格外敬重。常常在我耳边唠叨，要找个大学生。他总觉得书读得多，人品、能力一定错不了。至于收入，大学生最差也能进车间技术组，差不到哪里去。当时，云水厂的一线工人拿基本工资加计件，机关拿系数。工人的基本工资不多，但有计件，只要有活，能吃苦，会比机关收入高。师父是担心我找个工人，工作太苦，不能帮我做家务。

师母死的时候，我在北京治病，没能去送葬。两年后才去昆明看他。师父刚缓过来，忙着伺候他那近百岁的老娘。师妹说，你都不知道他那样，跟掉了魂似的，一天到晚都不知道干啥了。师父是第二代云水人，20世纪70年代，和父母一起调来云水，师妹三姐妹算是第三代，子子孙孙也都留在了云南。亲历了三线建设的激情岁月，也度过了军转民的二次创业，见证了云水的兴衰成败。

船舶集团改制合并后，厂子全部搬到昆明，原来的老厂全都遗弃荒废，云水也就消失了。对这个躲在深山大沟里的云水，师父非常怀念。他说，当时应该征求大家的意见，年纪大、不愿来的继续留在云水。说起云水，这个曾经的"群钻王"、技术能手，眼里含着泪水。他不知道，人生很多时候是无法选择的。

当初一纸调令，把他从山西调到云水，他可曾想过这一辈子再也回不去？父亲、妻子的骨灰永远只能留在云南这片土地上。而他们的孩子，虽然还是一口的东北普通话，其实已经成了彻彻底底的云南人。沈阳也好，云水也罢，都只是他生命里的曾经，已经像梦一样滑落。

云水，再也回不去了。

业余生活

其实，后来想想，云水的业余生活还是挺丰富的。毕竟是军工企业，国有大厂，每个环节都有规章制度，业余文化生活也如此。不过，当时我不懂这些，总觉得厂里做得不行，对我们这些青工关心不够。有我这种想法的人很多，单身楼就流传着一句话，云水厂的阳光照不到单身楼。

换了几家单位，走了不同的地方才知道，云水厂的业余生活、职工福利已经不错了。

云水厂的工会主席属于副厂级，工会干部全脱产，不用兼干车间的工作。维权这样的事不用管，那个年代，工人阶级是工厂真正的主人，思想觉悟极高，对国家和工厂从心底里热爱和拥护。工会最主要的工作就是抓好职工的业余文化生活，增强凝聚力。工会干部有时间也有精力换着花样抓职工的业余文化生活。

“三八妇女”节举办“云水女工巧手展”。展厅当然是放在俱乐部一楼。这个展非常宽泛，书法、绘画、刺绣、裁剪，什么都有，既接地气，又受大家欢迎。整个展厅，有高雅的书画，也有女工们为了省钱给孩子缝的布娃娃，当然，漂亮毛衣也是少不了的，甚至还有手工的鞋帮子、饮料瓶做成的小花篮。阳春白雪、下里巴人就这么和谐地摆在一起，没有人觉得有什么不对，一切都那么理所应当。

全厂的人吃过晚饭都会来看展。我们单身楼的女工更是每天晚上挽着手到这里晃悠。书法、绘画就看个热闹，我们感兴趣的是小花篮怎么做的？毛衣用的是哪种针法？怎么配色？退休的老头老太太在人群里指指点点，谁家闺女手巧，谁家女儿有才。偶尔，他们也会对着我们叨叨，有事没事套近乎。你就是那个谁啊？你师父跟我们家关系可好了，在山西的时候，我们是邻居……巧手展变成相亲场了。

“五一”劳动节则严肃多了。展出的有车得铮亮的工件，有工人创新的节能产品，也有劳动比赛中获奖的零件。不过，更多的还是书法、国画、根雕。云水这边的山沟里到处都是宝，周末带着自己专门做的小锄头，上山挖根，回来后扒皮、晾晒，根据根的样子雕成各种造型，再抛光、打磨、上漆。很多职工都有这个爱好。云水厂人多，近两千人，人一多，人才也多。有一次展览，四车间一个青工居然画了一幅《十里云水图》，足足十多米。最难得的是，整幅国画除了宣纸是买的，其他颜料全是他从山上、河里捡来的石头磨成的。

每年厂里还会开运动会，长跑、短跑、接力赛，举行各种球赛。跑步是我的长项，年纪又轻，躲都躲不掉。我家里那个针线盒就是我参加接力赛的奖品，其实就是一个塑料饭盒。跑的时候，我不知道会赢，更不知道奖品是什么。没命地跑，把手里的棒棒交到下一个人手里就行。那次比赛我还被别的车间举报了，说六车间派一个实习生参加运动会。最后怎么裁决？我可没兴趣过问，这不是我的事，主任比我还急，得个名次总算是一种荣誉吧，反正，小饭盒我是拿到了。车间还是很在意的，虽然与生产没有什么联系。

厂里还会举行文艺表演、歌咏比赛。每到这个时候，车间里的年轻人全都训练去了，只剩下那些老师傅在干活。只有一年，工期太赶，活太多，我们车间主任有点犹豫，不想让我们参加，又不愿落在别的车间后面。想来想去，让技术科的三个男技术员上台弹个吉他唱个歌。那个年代，吉他被称为"爱情的冲锋枪"，不会弹吉他还叫什么大学生，连女朋友都找不着。

我们的三个技术员，一人一把吉他，我记得很清楚，他们唱的是《会有那么一天》。红幕低垂，他们站在台上，声音有些忧郁，他们唱，今天我们没有财富，至少可以相互拥有。我们从观众席上站了起来，跟着他们一起唱，会有那么一天，会有那么一天，我们会拥有更多更好的明天。会有那么一天，会有那么一天，我们会飞到天外的天。唱着唱着，我的眼泪就流了下来。我的心真的飞到了云水的天外。我不知道，明天对于我来说，意味着什么？我也不知道，明天我会在哪里？

除了这些大型活动，每个星期六还会举办舞会、卡拉 OK 比赛，每周会有一两场电影。电影是要买票的，但舞会免费。有舞会的时候，男的女的都会打扮一下。男的换上喇叭裤，穿上平时不穿的衣服。女的换上裙子，化化妆，三三两两来到舞厅，悄悄坐在凳子上。三步、四步、伦巴、探戈就是在那时学会的。女工只要愿意跳，一晚上都不会闲着。

女青工都很矜持，静静坐在一旁等人请。男青工也不敢贸然，唯唯诺诺伸出手，弯弯腰，很绅士的样子。女工们一般都还是答应，不是心仪的，人是起身了，脸上却没有表情。冷冰冰跳完一曲，赶紧回到座位上，男青工放开手，有些怅然，却不敢再请。恋爱中的，一晚都不分开，手拉手，眼看眼，每首曲都跳，都只跟他（她）跳，整个舞会就像是为他们办的，眼里耳里再也没有别人。

没学会的时候，我就在一旁看，用食指、中指在手心比画。师妹看不过去，说，我带你。就把我拽起来，往舞池走去。不会跳身子就重，师妹跳不动，就让她男朋友带我。我们车间的男青工一反常态，不再嘻嘻哈哈，离得远远的，好像怕我们吃掉他们。上班以后，忍不住问，他们说，算了，你们这些人有很多人盯着，我们还是少惹麻烦。

除了业余活动，厂里还常常发东西，改善职工生活。云水厂躲在山沟里，蔬菜水果及其他食物买起来还是很不方便。云水人同所有的中国人一样，只要有泥土，都能打造出一块地来。他们在房前屋后栽满了蔬菜水果，桃、李、梨、苹果、山楂、葡萄、无花果，但凡这片土地上可以种出来的都有，但也有很多是种不出来的，如橙子、香蕉、西瓜、地瓜等。云水厂每周都有车专门到外面采购，拉回商店卖。采购回来那天，商店挤得水泄不通，大家都想抢到最新鲜的物资。云水厂的老职工，家家都有一台兰花冰箱，它装满了云水人的勤劳和富足。

那时，在云水厂上班是一件让人羡慕的事。我们有厂服、工作服，每个月还有两副手套、一块肥皂、一包洗衣粉。上班穿工作服，平时穿厂服。厂服是灰色的夹克，上面印着船舶系统的代号。每次回家，我都穿上厂服，哥哥弟弟特别羡慕。军工企业、国有大厂，即使躲在山沟里，也是一个时代的骄傲。更何况，我们的福利确实让人羡慕。

就说端午节吧，厂里给我们的福利是，每个职工五公斤鱼。天哪，根本吃不了。我把洗床单的大盆全都养上鱼，每天都有翻肚皮的鱼。我想把鱼给师父，师父说，我们家五口人，四个人都分到鱼，一共二十公斤，放的地方都没有。没有办法，我们只好天天宰鱼、吃鱼。开始，我们仔仔细细把鱼肚子剖开，把内脏拿掉。再后来，我们没有耐心，用刀直接从鱼肚皮切到鱼头，只吃鱼背脊。鱼死得太快，怎么吃都吃不完。家家的冰箱里都塞满了鱼，师父家塞不下，只好用盐腌了，一条一条串好，挂在屋檐下。

整个云水厂，到处弥漫着鱼腥气和腐臭味。这种味道一直盘旋在云水上空，不知道过了多久才慢慢散尽。这次福利的结果，直接改变了我的饮食习惯。从那以后，我再也不吃鱼了。

不管福利怎么好，我们一天到晚总是吃不够。不知道是不是食堂的大锅饭缺油水，还是体力活刮油，总觉得肚子里清汤寡水的。偶尔回趟老家，爸妈给我带瓶猪油，一块火腿，让我馋的时候切几片炒炒，解解馋。爸妈哪里知道，单身楼的东西怎么留得住？给我的火腿，一顿就吃完了。切成片，放上几个干辣椒，一炒，香味传遍单身楼。大家就端着饭碗来。

我楼下的一个青工，性格好，人也勤快，他的宿舍天天挤满了人。我妈给我带的火腿我都是用一根绳子拴好，吊下去，等他炒好喊我，我才下去吃。

家里带来的东西吃完，就该想别的办法了。找几根焊条头，敲掉药衣，敲扁焊头，在砂轮上磨，磨尖后再开一道口。找一根竹子把尖头带钩的焊头装上，天黑月明的时候到箐沟里叉石蚌、逮田鸡。有时候，还会做个渔网子到河里网鱼虾，当然，这件事在厂里发鱼之后就自动停止了。

春末，车间后面的山坡上豌豆熟了，我和一个女单身趁着人们午休，拎着布兜扯了一大兜，晚上在电炉上一煮，整栋楼都在吃。

年少，总有填不饱的饥饿和欲望，似乎所有得到的都是应该得到的，得不到的也是应该得到的，总忍不住去渴求、去奢望。

现在想想，云水的业余生活还是丰富多彩的。当时的我却觉得单调枯燥。云水离县城二十多公里，离镇上也有七公里，虽然有公路，有交通车，可这七公里还是把我们的心远远隔开，封闭在云水这片山里。

无聊产生灵感，我们想方设法找乐趣。离云水厂最近的两个村，一个叫干冲，一个叫格里，据说是彝语直译而来。无聊的时候，我们会把村名编成谜语，让别人猜。

周末，我和师父加班，走进车间，一只小松鼠从横梁上一跃而过，迅速消失在后面的山林里。它会不会是来偷吃我攻丝用的豆油的？山上的棠梨松果不够吃？或许，它跟我们一样，也有吃不饱的肚子、填不满的欲望？

我们向动物索取、向植物索取、向云水索取，向整个世界索取。我们总以为，只要我们想要，云水就取之不竭。我们从来没有想到，云水居然也会消失，那么，那些可爱的动植物呢，会不会有一天也离开了我们？

船舶集团合并以后，云水不叫云水，东光也不叫东光。整个系统的五个厂、一个研究所、一家试验场全部打乱，成了一机、二机、电子设备、船舶贸易、技术中心、烟机经营公司、房地产公司等若干子公司。

云水永远成为历史，永远只能深埋在三代云水人的心里。

马达・桃林

马桃林分到云水的时候，我已经上了半年的班。

这批大中专生里，最显眼的就是这个叫马桃林的中专生了。按说，中专生没有什么优势，这位姓马的又其貌不扬，要个子没个子，要长相没长相。上身长下身短，最让人受不了的是他走路的样子。脚尖往外，腰身挺得很直，眼睛平视前方，一个方框眼镜几乎盖掉半张脸。用厂子弟的话说，大拽拽的。走路拽也就算了，最重要的还有，他一上班就整个新举措。

这个刚分到劳资科上班的中专生，偏偏跟工会、广播站的人联合播读云水厂人写的广播稿。当然，写稿的肯定也是那帮大中专生。每天上班下班，广播一响，就能在广播里听到他的名字。

单身职工在食堂打饭吃。打完饭，大家都拿着碗往他宿舍走。他那个宿舍，简直就是个文学沙龙，聊文学、弹吉他，热闹得很。

周末，厂区安静下来，住宿区开始热闹。热闹的地方有两处，一处是俱乐部，一处就是单身楼。单身楼前面有一排平房，有商店、早点铺、小菜场，还有一家开麻辣烫的小馆子。小菜场早上卖菜，晚上有一家夜宵摊。周末，俱乐部有电影，马桃林和两个单身看完电影回来，走到男单身楼和女单身楼中间那条马路上的时候，几个厂子弟在夜宵摊上吃夜宵、喝酒，看到马桃林走过来，其中一个问，看得惯不？另外几个说，早看不惯了。有人说，揍他。大家哈哈大笑，说，你上，你上，相互推诿。有一个大概酒喝多了，果真冲上去，不声不响给了马桃林一拳。马桃林的鼻子顿时出血，眼镜也掉在地上碎了。看到血，打人的青工酒醒了，有些懵，傻乎乎站着不动。马桃林身边的同伴冲上去，想拼一下，马把他们拦住。几个厂子弟赶紧把打人者送回家。

厂子弟惶惶然，坐立不安，上下班也小心翼翼，看到保卫科的人赶紧绕道走。总觉得姓马的不还手，又在机关上班，铁定了要报保卫科。保卫科的人一旦知道，奖金全扣不说，有可能全厂通报。云水厂是兵工单位，虽然我们进厂的时候已经改为民用，从做鱼雷变成做烟机，但还是延续了之前的管理制度，对借酒打人者，至少也得给个警告处分。那个厂子弟大气都不敢出，下班后就老老实实待在家，半个月过去了，三个月过去了，没有动静，才敢出门晃悠，酒没少喝，但再也不敢喝醉。

我知道这事已经是第二年。打人者问我，你知道马桃林眼角那条疤怎么来的吗？我说，我怎么知道，没问过。总不会是你的杰作吧？他指着自己的鼻子说，是，就是我打的。我看着他，很不屑，说，你有病啊？他有些不好意思，抓抓头，说，这不，喝多了嘛。我瞅了他一眼，问，怎么保卫科没把你抓起来？他摆摆手，说，你别打岔，昨天是我打他一周年。你猜，他怎么对我的？我想了想，说，怎么对你，难不成他还请你喝酒？他一拍手，跳了起来，说，奇怪，你怎么知道？你们外招生就是奇怪，昨晚他还真请我喝酒了。我也觉得奇怪，赶紧问，你们说了些什么？他没有直接回答，只是不停嘟囔，弄得老子太不好意思了，一遍又一遍跟他道歉。我真是服了他了。

服他的不只是打人者，我也彻底服了。

跟他相处最好的大学生姓龚，湛江船院毕业的。按照规定，技术人员必须下车间工作一年，这一年，小龚正好分到我们班。由此，我认识了这个马桃林，常常在一起玩。

翻他的毕业留言，看到他在学校里的名字叫马达。有些奇怪，问他，怎么有两个名字？他很得意，说，我有马达一样的激情，桃林一样的诗意。这个自称有马达一样激情、桃林一样诗意的中专生，五岁就死了爹，母亲含辛茹苦把他养大，比一般的孩子成熟懂事得早。学校老师给他的留言是，五年之后非同小可。

那是个很纯粹的年代，对文学充满了敬畏和崇拜，单身青工的业余生活，也总是充满了文学的意味。节假日回家，我们会从家里带一些土特产，或者咸菜、腊肉，回到厂里就聚在一起做饭吃。每个青工都会做一手好菜，不会做菜的人很少。我们买上一把豆尖、几棵白菜，削几个洋芋，把火腿、腊肉一煮，蹲在地上就抢，做什么都好吃，吃什么都没个够。

吃过饭，就围着桌子玩接龙，一般由主人随便说个词语，比如，“天天快乐”，旁边的人接上，“乐在其中”，顺着往下走，“中西合璧”……接不上的算输。

我们还会在周六去水库边、山沟里叉石蚌、牛蛙。当然，大家对这些玩意并没有志在必得的想法，大都抱着玩乐的心思，收获自然也就各异，更多时候是空手而归的。

带上叉子，拎着小桶，我们一帮人往干冲走去，一路上说说笑笑，牛蛙、石蚌早就躲得没有踪影。从水库下的山沟爬上来，打着手电，顺着坝走到山坡上。累了，都说歇歇，就往草地上一坐。周围很黑，看不清人，夜好像是依着山来的，山和天的交界处没有明显的过渡，星星月亮就像俱乐部舞厅里那些彩灯把夜空照亮。我躺在草地上，仰头望月，月亮旁的云飘来飘去。

马桃林念了一句，“春江花朝秋月夜”。我一听，白了他一眼，说，你就只会念你们浔阳江头的诗。马桃林毕业于九江船校，九江也就是唐代的浔阳，据说白鹿洞书院离此不远。他常常以此为荣，而我私下也认为他之所以会弹琴、善写作，与他在九江读书有关。当然，黑天黑地，他根本看不到我的不屑与嘲讽，或者也根本不在意。他提议，我们每人背一首关于月亮的古诗吧。大家七嘴八舌背了起来，“月上柳梢头，人约黄昏后”“明月几时有，把酒问青天”“海上生明月，天涯共此时”……我用手往身旁的草丛一摸，杨梅，黏糊糊的，我叫起来，我摘到杨梅了。大家停了下来，说我大惊小怪，却又忍不住把那些生涩的小家伙顺手放进嘴里。

回厂路上，想到第二天要上班，又得穿上满身油污的工作服和变形的翻毛皮鞋，忍不住抱怨起来。马桃林很正色对我说了一句，一个连本职工作都做不好的人，又怎么能谈上其他。我一下子闭住了嘴，把那些抱怨的话硬生生咽了回去，从此再没有提。

一个黄昏，马桃林和小龚，还有另外一个青工，抱着吉他在我楼下，一边喊我的名字一边弹琴，吓得我跑出去，把他们请上来。单身楼本就是退休那些老头老太太的闲话对象，我害怕吉他声给我带来闲言碎语。马桃林笑着说，要的就是这个效果。你想想，两三个男孩在你窗前弹琴，传出去你多有面子。我说，拉倒吧，想弹琴还是进屋吧。那晚，两把吉他，一个搪瓷口缸，放上碎石子，打着节拍，开了个小小的音乐会。《彝族舞曲》《欢乐颂》《绿袖子》，当然流行歌曲也是少不了的，《风雨黄昏》《恰是你的温柔》《光阴的故事》，等等。我们席地而坐，就这么弹了两三个小时。

马桃林是那些往我宿舍跑的男孩子里面唯一对我没有其他想法的青工，但对我的影响却很大。他鼓励我参加自学考试，鼓励我写广播稿，“三八妇女节”的时候，我的稿子《女性的名字》在广播里朗读的时候，心里还是涌起了一份自豪。

三年后的一个傍晚，马桃林来找我，说向我道别，他要调走了。当时我宿舍的日光灯无法启动，楼下的一个青工在帮我修。他开玩笑，说，黑着正好，我们才好告别。对他这类玩笑，我总是难以接受，觉得非常别扭。平时他开玩笑，我总会拼力反驳。那天，我没有。不过，对于他的去向，我居然没有多问，听说去了一家中外合资的工厂。

几个月后，他回来过一次。我在洗衣台上洗衣服，他让一个男青工来叫我，说，过去坐坐。我没去，我说，他如果想见我，为什么不自己过来？我不是那种可以呼来唤去的女孩。那个男孩没有再说什么，回去了。

从此，我再也没有见过马桃林。

一年以后，我也调离了云水。偶尔回去看师父，只跟师姐师妹们玩，有时也去女单身楼转转，却再也不会去见哪个男孩了。想起马桃林，开始明白人很多时候总是身不由己，总得回避一些不必要的东西。闲话，不单女孩怕，男孩也非常害怕。

这个自称有桃林一样诗意，马达一样激情的男孩，一直在劳资科，任他点子怎么多，能力怎么强。三年了，工作不动、职务不动，最后才选择调走。不知道是不是害怕云水消耗了他的青春，封闭了他的才能，才急急忙忙调走的。

我没有想过，也没有打听过。不知道，他，现在过得怎么样。

人名·琐事

我想谈谈云水人的名字，五湖四海的人取了些五花八门的名字。

跟云水厂一起出生的，叫建厂、云建。从侯马红卫厂过来的，叫卫红、继红。从其他各地来的，叫援南、援靖。有时代烙印的，叫爱国、卫东。还有一些具有地方特色的小名，狗剩、狗全、柱子、石头，以及一些地域性称呼，像老云南、小四川、老东北这一类，还有一种就是工厂特有的，王老刨、赵大车、老磨等这些工种性名字。前几类是大名，户口簿上写着的，上学用的。小名、地域性、工种性这类称谓，是平时大家叫的。这类名字对他们自己的大名来说，具有毁灭性、推翻性，叫得多了，户口簿上的大名就慢慢被人淡忘，甚至被自己淡忘，偶有人叫大名，他们自己都不知道在叫谁。

不过，印象最深的，还是外号，也就是车间同事之间打趣嬉笑时互取的诨名，诨名往往最能体现一个人的特点。

厂区烧锅炉的那个胖子，姓甚名谁早就忘得一干二净，却清楚地记得，她的诨名叫六百公分。提起她的时候，厂里的人总会加两个字，横量。人胖已经让人印象深刻，偏偏这位六百公分还喜欢跳舞，喜欢跳舞也没什么，人家还非得请长得帅气的人跳。

周末的舞厅，多是年轻人。六百公分一进去，男青工就会惶惶不安，想方设法往女伴身后藏。她可好，好像根本没发现别人是在躲她，站在门口四处望。曲终，大灯亮起来，跳累的姑娘小伙刚落座，六百公分一双胖手两边一拔，直冲厂里最帅的小伙杨骏而来。杨骏一惊，起身想往外逃。忽然前面出现一堵墙，六百公分一动不动看着他。杨骏转身往座位上一坐，脸别向窗外，装着没有看见。六百公分也不说话，一把提起他的领子就往舞场拎。大灯灭了，霓虹灯闪烁不定。六百公分的手就像液压机，一只紧紧按住杨骏的肩，另一只捏住他不甘的手，一步一步转了起来。舞场里的人哈哈大笑，一边跳，一边往他们身边靠，装作不小心的样子，用屁股撞杨骏。杨骏像一只纸船，在飘忽的舞厅不停颠簸。

这样的结果是，杨骏从此再也不去舞厅。经过那一曲舞，跳舞成了他一生的噩梦。不知道让他从噩梦中惊醒的，是一堵无法撼动的墙，还是一把怎么也扒不开的铁钳。

在工厂，容易让人记住的人有两种。一种是技术了得，各种技能大赛常常拿奖，让人不得不记住。还有一种就是相貌特殊，在厂里空前绝后的，小王属于后者。

第一次见到他，还是在我们单身楼旁边的车站。厂里把新一批大中专生接过来。我们趴在楼上的走道上看热闹。一个十三四岁的男孩背着双肩包跟着一群大中专生从车上跳下来。我们想，谁家弟弟跟着来了。

当时，我们所有的行李就一个用行军带打成的背包、一个木箱。行李全都堆在车尾，下车后再绕到车尾拿自己的行李。小王也不跟人挤，站在一旁等别人拿完后再慢慢走过去。他把行李包背上，把箱子抬下车，就去关后备箱盖。他跳起来，够不着，转身把背包放下，再跳，还是够不着。那些一起来的大中专学生们正聚在一起自我介绍，谁也没有注意后备箱的事。他跳了三次，还是够不着。最后，还是司机师傅发现，才过来把后备箱盖好。

我们这才反应过来，原来，他也是新分来的。我们捂着嘴不敢笑出声来，隔壁小桂，实在忍不住，跑回宿舍放声大笑。那一晚，我们讨论的就是这个新来的大学生到底有多高。有人说，不到一米六；又有人说，顶多一米五。小桂说，我看他跳起来那样，一米五都没有，估计能有个一米四就算不错了。到底有多高，我们没有继续猜，我们这些人，在厂里干的都是以丝为单位的活，一合计，给他取了个诨名，根号二。根号二等于多少？1.4142135623731……怎么个四舍五入，也入不到 1.42，也不知道他这个子是怎么长的？

取这个诨名的人嘛，不用问，自然是我。好歹我也是学过数学的人，我取的诨名得到大家一致好评。根号二，免去了小王身高才一米四的尴尬，保住了一个男人的尊严，又显出取诨名的人有较高的道德水准和文化水平。

不过，诨名是不能当面叫的，仅仅代表了一个人的面貌、特征，却无法代表一个人的能力本事。这个根号二文凭不低，哈尔滨船舶学院的高才生，要不是身高，估计怎么也会分到 705 研究所或者 750 海军试验场。因为给他取过诨名，我几乎不跟他交往。他倒好，食堂打饭遇到，总是含笑点头，算打招呼。我呢，每次见到他都会想起他那三跳，总会忍不住想笑，憋住嘴却憋不住眼睛，我猜我的眼睛是含着笑的。这样一来，倒也没有显得十分无理。

三年后，我调走了。我以为我一辈子都不会跟他有什么交集，也一辈子不会再见面。谁知道，人与人的缘分就这么神奇，女儿四岁的时候，我带着她去看师父。居然在师父家遇到他。原来，他娶了师父的大女儿，就是大我五天、在火车上出生的那个师姐。

这个根号二的诨名师妹是知道的。想来她也不会告诉姐夫吧？那么，根号二同志应该不会知道这个诨名是我取的。这样一想，我就镇定下来，大大方方跟他打招呼。幸好，晚饭后他们有事先走了。再后来，我知道他们的儿子上了清华大学，目前正准备保研。我为师姐嫁给他的不屈也被他们这个优秀的孩子抹平了。婚姻告诉我，身高和相貌并不重要，重要的是一个人的品性德行。我想起师父对我说，同样是一块钢板，做成鱼雷就能击沉军舰，做成烟机就只能生产卷烟了。材料一样，就看怎么用。我师姐用根号二这块材料，生产出一流的高才生，也算是物尽其用了。

说起诨名，还有一个，就是我隔壁的小桂。小桂有一双林忆莲那样的细眼睛，弯弯的，永远噙着笑。

有一次我想焊个架子，拿回宿舍，装上薄板做碗柜。怕被保卫科的人抓到，就跟小桂商量。小桂说，没事，我跟他说。他当然不同意，作为搞保卫的人，这点起码的觉悟还是有的。小桂因为答应过我，觉得没了面子。小桂一生气，骂男朋友，说，你看看你们这些厂子弟，哪家没有私活，凭什么我们单身做一两样必需品，你们就这样那样的规定，你们分明是欺负我们外招的。

她一赌气，不再理男朋友。

她男朋友一下班就来宿舍找她，她连门都不开。给她买来的水果也被丢在门外。一天晚上，月亮很好，她男朋友想约她散步，又不敢直说，就在窗下喊，小桂，小桂。小桂吼起来，喊什么喊？再在我门口晃，我报警了。男朋友好声好气地说，小桂，今天晚上月亮好。小桂懒懒地传出一句，月亮好，好睡觉。男朋友没有办法，只好回家睡觉。

后来，男朋友不得不妥协，只是建议我不要把架子焊好，那样目标太大。我把铁皮压成角钢，钻上孔，拿回宿舍组装。出厂门的时候，用个布袋把包好的角钢拎着，上面盖着我的工作服，果然顺利出门。

小桂的男朋友是厂子弟，他那帮从小混到大的朋友一见到他就叫，天不亮。我们都知道，这个天不亮其实指的是小桂，但不好直说，反倒让他男朋友受用了。天不亮的意思不单是指小桂的月亮好，好睡觉，也是指小桂那双弯弯的小月牙眼，他们说，一副永远睁不开眼睛的样子。

天不亮就这么叫出名来，小桂也不恼。她说管它呢，反正没有叫我。哼，他那帮狐朋狗友。

小桂结婚的时候，我当伴娘，我已经当过好多次伴娘了。请我当伴娘的人每次都逗我，说，伴娘当多了，嫁不掉。我就说，嫁不掉就算，我东家吃一碗西家吃一顿，我就不信活不下去。

小桂结婚那晚，那洞房闹得，还让小桂用云南话读结婚证。也不知道那帮厂子弟怎么想出来的招数。还让小桂她男朋友背着小桂，在二福利区转了一圈，一边走一边敲着盆子，喊，天不亮讨媳妇了。其他人就笑，问，讨谁？答，小桂。又问，小桂是谁？答，天不亮。小桂那晚一点也不生气，笑呵呵的，配合得很好。闹到最后，又让他们把月亮好、好睡觉的过程重新演排一遍。

二十多年过去了，六百公分已经离开人世。根号二估计已经没有人记得。天不亮嘛，应该传下来了，说不定现在还有人喊。毕竟，这是唯一被当事人认可的诨名。

离开

当时，我觉得我对云水厂没有太多的感情。这里，没有家、没有爱情，有的只是繁重的工作和一天天磨光的热情，以及看不到未来的茫然与忍耐。

按理说，离开，我应该感到高兴。可是，连我自己都想不到，拿到调令那天，我还是哭了。是对未来的不确定？还是对云水、对师父同事的不舍？我没有想那么多。哭了一阵，我把无法带走也不能留下的东西全部拿到车站旁的空地上烧掉，有工作服、皮鞋、信件以及一些山上摘的干花、河边采的芦苇。我像是要用这把火对云水，对这个我最早工作的地方，做一个告别。

那夜，天很黑，无星无月，就连平时彻夜不停地歌声都没有。单身楼的女工们似乎约好一样，不在宿舍。我记不得那晚是不是有电影？我只是觉得那夜的云水特别安静，安静得只有风吹过树梢的声音。我的泪又来了，我抹了一下眼睛。男朋友有些奇怪，我说，烟眯了眼。一阵风吹过，那些黑色灰烬到处乱飞，我的青春好像也燃光烧尽。

其实，不管哪一种离开，本身就是一种伤感。它是来到的必然和结果，也是另一种离开的开始和启程。往后，随着越来越多的离开，我变得平静和淡然，那晚的眼泪、那夜的火成了我生命中唯一的一次。它应该是我青春的脱茧和蜕变。多年以后，我明白了，任何蜕变都会疼痛。

整个车间的人都知道我要走，没有任何人挽留。直到走，我都没有弄清每天在我工具箱里放水果的人是谁。师父仍然一声不响地干活，我依然每天早上换好工作服，给他倒上一杯茶。“一日为师，终身为父”，我开始对他有了一种依赖和信任。而他，似乎也完成了对我这个徒弟的教、授。不管怎样，我找了个大学生，在他心里，总算还是满意的吧。

同事们对我客气起来，留不住的终究只是过客，客人当然不能再像从前那样开玩笑、逗趣。要走的人，共事的时间再长，也只是一阵风，飘过却不会留下痕迹。

班长说，你别干活了，想想要什么，自己做点，以后就没有机会了。我不知道以后会用到什么东西，衣架总会用到吧？我做了一大堆不锈钢衣架，做了锅铲、勺子、撮箕。师父想了想，说，墙角那个小方桌，不锈钢桌面的，你想办法带走。师父是第二代云水人，又是技术能手，经历过部队、工厂的严格管理，非常自律。他说过，之前做鱼雷，每天上下班，都有海军代表守着，即便是一根用剩的银焊条头，也不能带走。我知道，这个一直放在车间的小桌子，是他留给我的念想。

我是奔着爱情走的。厂里那帮青工对我的选择表示不屑。他们说，个矮、显老、长相一般。我说，个矮省布料，人老会疼人，长相嘛，这样更让人放心。我跟当时所有的女孩一样，为了爱，只为爱。我甚至没有过多了解过他的家庭，我只知道，他家是农村的。

办调动手续的时候，劳资科的工作人员说，每个外招生，毕业分配的时候，厂里给过学校三千五百块钱的培训费，要调走就得退回这笔钱。我找到银行的工作人员，要回我的存折，销户取钱。只有九百，我交不出这笔钱。男友和我一年分工，也拿不出钱来。我找到厂办，左说右说，说如果按照顾夫妻关系调动来交，只要一千块。把钱交上去，盖上章。我忽然觉得，从此，云水跟我再也没有任何关系了，心里顿时涌起一阵悲哀。离开熟悉的地方，重新开始，是一种新的冒险。我把感情、生活、前途一并押上，就不只是冒险，简直是孤注一掷。

分到云水，我没法选择。离开云水，却是我自己的选择。我不知道，我的选择是对还是错？更不知道未来又是什么？有时候想想，人生就是一种赌博。女人常常把赌注放在另一个人身上，一头栽进去，赢了是命，输了也是命。

人具备了动物所没有的头脑思维，却生出了太多的痛苦烦恼。每一次抉择都患得患失，每一次离开都缩手缩脚。当时，我就是带着这样矛盾的心态离开的。

走的时候，国家对工业企业战略布局进行调整，决定将云水厂和其他船舶系统的几个厂一起整体搬到昆明，厂里正在做搬迁规划。我的离开，就像是厂区里那些梧桐树上的叶子，掉那么一片两片，根本影响不到它的存在。

我和男友把我全部的家当搬上一辆农用车。除了从学校就一直跟着我的被子床褥，还有我新做的衣架、撮箕，以及师父给我的方桌。我把被子床褥打成豆腐块，抱着小木箱上了车。男朋友说，师傅，开车。车慢慢开动，我忽然打开车门跳下车，说，请等一下。

我跑回宿舍，宿舍里的床、写字桌依然安静立在那里，这些都是我毕业的时候，厂里配在房间的。这些是厂里的财产，不能带走，留给后来的人。

我打开抽屉，两只手不停乱刨。终于，我找到了，那是一枚厂徽。一艘船的样子，上面没有字，CSSC 的字母下面有四个阿拉伯数字，5012，这是云水厂的代号。云水厂也叫 5012 厂，或者 353 信箱。为了保密，信件、包裹，都不写厂名，只能用代码和邮箱，但丝毫不影响信件的安全到达。

那晚，我没有告别。就连师父、师妹我都没有说一声，就这样趁着黑夜悄悄离开。我无法忍受离别，更不愿在师父面前落泪，不然，他会担心。

我走之前，户口已经落到昆明，我却把户口落到一个曲靖最小的县，马龙。这让好多人感到疑惑。

搬迁的消息一个接一个。相对年轻人的欣喜，老师傅们却有一丝担忧。休息的时候，老龙师说，我开的这些荒地啊，可怎么办？生活区、厂区都有，一年到头，几乎不用买菜。到了昆明，买根小葱都得花钱，也不知道日子怎么过。相比他，师父更洒脱一些，他说，有啥啊？那些年从侯马过来，不也从头开始。总不会让你饿着。龙师还是担心，他说师父，你不一样，你家三个闺女，又不用你买房。我俩儿子，可怎么办啊？姜师年轻，女儿才三四岁。他开导龙师，说，在云水吧，你急儿子不好找对象。上昆明吧，又着急买不起房。你怎么不想想，到了昆明，女孩子一堆一伙，你儿子不愁没对象了。老龙师抓抓头，嘿嘿一笑，说，那倒是真的。

搬迁的消息让老一代云水人开始惶恐。未来，未来是什么样子？他们拖家带口，长途跋涉，告别北方。带着希望，带着对祖国富强繁荣的梦想，在时代感召下，听从安排，来到这穷乡僻壤。建起了一栋栋厂房平房，安上了一台台机器设备，把青春和热血献给了云水。慢慢地，他们开始爱上山沟里的生活，爱上云水的山山水水，扎根的心思刚安定下来，又要搬迁，这使他们感到不安。师爷说，老了，不想折腾。在这些退了休的第一代云水人心里，一辈子守着云水，种种菜，爬爬山，安静地老去，也不失为一种幸福。

师父他们是真正把青春献给云水的一代。二十多岁来到云水，乡音不改，饮食依旧，却习惯了云水四季花开、绿树丛荫的日子。他们用自己的双手把云水建成一个花园式的工厂，商店、学校、医院、银行、俱乐部、澡堂、招待所一应俱全、应有尽有。在他们心里，这就是他们亲手打造的世外桃源，他们不想搬。他们对云水有一种说不清的情怀，他们舍不下自己亲手建造的世界。

年轻人不一样，他们是最后一代云水人，他们在传统文化和市场经济碰撞中长大，见证了云水厂军改民后的艰难挣扎和城市经济的飞速发展。城市的喧嚣热闹、霓虹歌舞吸引着他们。他们在云水的星空下幻想着未来的种种可能。他们是搬迁最大的支持者和响应者，买房、下岗、优化组合，这些都没有多想。他们是云水的技术骨干、中坚力量，他们相信自己年轻，有技术，有使不完力气。只要厂还在，一切都不是问题。在他们眼里，云水厂这片天太小太窄，根本不够他们施展。

三年以后，云水厂全部搬迁结束，云水成了三代云水人嘴里的老厂。至于山西侯马的红卫厂，已经彻底被人忘记，不会再提。

搬迁场面我没有看到。离开云水，我忙于生活，忙于工作，忙着结婚，忙着生孩子，忙着读书挣文凭，忙着一次又一次离开。云水，在我的生命里渐行渐远。

五年前，我去肯尼亚旅行，在俗称“死亡之渡”的马赛马拉河畔看了一场著名的“动物大迁徙”。成千上万的角马、斑马、瞪羚羊集聚在一起，浩浩荡荡渡过马赛马拉河，向坦桑尼亚迁徙。

站在观光车上，看着茫茫草原上数以万计的角马、瞪羚羊一路狂奔，躲开藏匿的狮豹豺狼，小心提防河里的鳄鱼河马，往河岸冲去。那一刻，我忽然想到云水。

从山西到云水，从云水又到昆明，难道不是一种迁徙？难道不是在寻找另一种生存的开始？拖儿带女，家具行李，机器设备……一车一车，那样的场面，同样让人心酸和震撼。他们的再次离开，是对未来的追求和向往？还是对命运的顺从和无奈？我不知道。

而我，我的离开，跟他们的离开相比，只是一种简单的告别和重新开始。

回望

回到云水，是一个深秋的午后。

格里，是离云水最近的一个村。云水厂搬走后，这里好像停止了生长，基本保留了原来的风貌。老房还是原来那些老房，青瓦、土基。倒是老房旁的竹林越发清秀浓密，从屋后轻轻探出身子。瓦房上伸出几枝柿子树，霜降叶落，只留下几个鲜红的柿子。

过了河就是云水了。师父会带我和师妹来这里钓鱼，我和师妹常常跑到河岸上扯芦花。我往河岸看去，河边杂草丛生，芦苇也在，白色的芦花有些凌乱，就像一个没有梳洗的女人，立着身子往远处望。

厂区后门开着，这让我感到意外。印象里，这道门从来不开，除非有原材料采购，或者是厂里的产品外销。守门的是一个老人，对我们的到来有些不悦。我赶紧解释，说，我原来在这里上班。他嘟嘟囔囔，说，个个都说在这里上过班。

他还是把门拉开，他知道他没有办法拦住任何一个想来的人，更无法阻挡一颗回望的心。

这条路是厂区的主路，路两旁种满了梧桐、杨树、柏树。云水厂搬走后，这些树没有人管，越长越高，越长越密，高高的树枝漫过厂房、直插蓝天，把厂区深深隐藏起来。

我把车停在六车间门口。我人生中最美好的三年就是在这个地方度过的。同行的朋友都拿出手机争相拍照，惊叹这里曾经的繁华与现在的破败，一厢情愿设计云水的未来。他们说，应该把这里建成一个集文学艺术、影视音乐于一体的艺术村，建成云南的798。或者建成医养、康体结合的养老中心，让老人颐养天年，免去我们这代人“只生一个好”带来的后顾之忧。

我什么也没说，独自走进车间。车间里什么也没有，我和师父工作的地方，还有一塘深深的油渍。那是我们用机油擦拭保养钻床，钻孔加冷却液，年深日久留下的。

过去的一切就在这一刻浮现出来。人声鼎沸、机器轰鸣，铁锤叮当、焊花四溅。班长抓出手套，一边戴，一边大吼大叫分工。小黄，小黄，你赶紧去技术科，让他们把图纸送下来。老龙师，今天这个液压板必须焊好，明天找水泵来打压，漏气的地方重新补。阎师，你那里怎么样了？大家各自理理，加把劲把手里的活计干完……

一个朋友跟了进来，感叹说，么么，这么大的厂房，房顶那些钢架都还好好的。我赶紧指着告诉他，这里原来是砂轮机，这边是液压机，我的食指就是在液压机上压到的，你看，指甲都是歪的。喏，我的工具箱就放在那里，墙边。这里这里，就是我干活的地方。朋友“哦”了一声，走出门去。相比这空无一物的厂房，外面那些色彩绚丽、光影斑驳的秋景更吸引他们。

我回过头来，所有的场景都没有了。只剩下破旧空旷、人没声寂。过去和现在在短短的一刹那来回转换，繁荣如此不易，破败尤其简单。不用刻意破坏，只需将它放弃。岁月就是一场难以复原的破坏，它带走了我们的青春，也带走了云水的繁荣。岁月无声，一点一点消损着云水的一切，不动声色地把云水从繁华变得苍凉，并慢慢变成消亡。据说，扯马碧水库的规划里，厂区成为淹没区。

阳光透过没有了玻璃的窗户斜射进来，细小的灰尘上下飞舞，一枝蔓藤爬上窗棂，毛茸茸的蔓头卷起一道弯，在破败沉寂的云水不停生长。

我们从车间后面走，围着山走了一圈。这是我们和八车间合用的组装车间，所有零件、产品出来以后，在这里组装、试验，试验合格后，再由一车间包装出厂。

从后门到办公楼那段是云水最美的地方。好多厂房已经损毁，只留下半堵红砖砌成的墙。梧桐从破损的窗户伸下枝叶，叶子由绿到黄，由黄变红，在秋风里轻轻摇动，把阳光剪成了一道道斑驳的光影。

凋零的落叶，堆满了整条路，路旁的排水沟早就被年复一年的落叶掩埋。踏着一地的落叶，我们一句话都没有说，任由阳光悄悄地在我们中间穿梭。

从厂区出来，我开着车从单身楼走过，经过停车场、招待所、二福利区、商店，把车停在冰棒房前面，往俱乐部走。

俱乐部门口有一个大大的花台，从花台往上走，就是俱乐部。俱乐部不单指舞厅、电影院、展厅，也包括电影院左边的球场。这是云水厂最热闹的地方，云水人从这里了解和认识外面的世界。我们每年都要在这里举行文艺表演、卡拉 OK 比赛，举办篮球、排球赛。吃过晚饭，男职工来打球，女职工带着孩子坐在球场旁的石台阶上看，一边看一边织毛衣。不打球的，也会过来逛一圈，顺便到商店买点东西。

花台还在，花却没有了，几棵柏树挤在一起，像在相互安慰。台阶上的水泥地板居然成了庄稼地，连同球场一起种满了苦荞。我们扒开长满蒿枝杂草的台阶，避开荆棘，踏着碎石，终于找到电影院的大门。门边一棵豆金粮挡住了半道门。

这是一栋废弃的建筑。整个建筑大体形状还在，两道进门，两个出口。通往球场的出口被苦荞掐断。窗户上的玻璃破损严重，四分五裂。电影院里顶棚上掉落的吊板，碎落一地。墙上长满青苔，地上不知名的绿植顶破水泥地板，爬到房顶，破败不堪。

回到车边，摘掉身上的鬼针草，我们又往医院走。云水医院在 20 世纪 80 年代家喻户晓，尤其眼科，先进的设备、精湛的医术，曾经成为全县人看眼病的首选。对了，还有学校，云水的教学质量也是一流。

折回厂区大门，顺着二福利区往上走。这是一条新修的路，村委会占据了云水厂最高点——学校。云水厂子弟学校从小学到高中都有，很多县上的领导都把自己的孩子送到云水读高中。整个学校就两栋教学楼，现在成了村委会的办公地点。这里是云水厂唯一有生机的地方，也是唯一通电通水的地方。云水厂搬走后，整个厂移交地方政府，为了方便管理，杜绝厂里的老人和周围农民占据房屋，除了学校，其他地方全部断电断水。

村委贴满了各种制度和标语。同样，梧桐树栽满了学校，只是这里的梧桐不像厂区，它们没有使劲往上长，反倒把枝丫倾向村委会，形成一个树盖，挡住了风雨骄阳。

足球场同样未能幸免，被种满苞谷。苞谷已经掰走，只留下一棵棵苞谷棵，枯焦焦固守着球场。

所有的家属区全都破烂不堪，屋顶、窗户几乎没有。房前屋后，蒿枝茅草到处都是，好多地方几乎长到房檐，就好像要把这些破败不堪的废墟掩埋。我想去师父家看看。我记得清楚，从两棵大树下走过，再爬上几层台阶。走近后却发现台阶已经没有了，我怎么也找不到上去的路。

我还想去的是我曾经住过的宿舍。那是一栋青砖绿窗、水泥浇顶的小楼。我记得，楼梯扶手是钢筋焊的。钢筋可以卖钱，与钱沾边的东西消失的最快，扶手早就没有了踪影。沿着没有扶手的楼梯往上走，穿过过道，我住在背后第一间。房子依旧，我走后，续住的人肯定没有重新打理过。进门左边拉铁丝的钉子还在，那是我当初亲手钉上去的。和云水所有的房子一样，玻璃只剩下一小个尖头。窗户架子还在，就连关窗的销子也在。倒是尽头的电视房已经被疯长的野草挡住了门。曾经为世界杯呐喊和疯狂的青春也被挡住，年华爬上皱纹。

车开往厂区上面的山顶，我停下车。我说，这里可以看到云水厂掩映在秋叶下那种斑斓多彩的模样。阳光已经不再明亮灿烂，树林里的厂房时隐时现。没有人说话，我们静悄悄地站着，任由静悄悄的风和静悄悄的阳光在我们之间穿行，巨大的破败总会让人心生绝望。绝望是一种难言的伤痛，这种伤痛被不断生长的大树和不断倒塌的房屋纠缠挤压，让人一次又一次忍不住与回忆重逢。

回忆是一种不忍和不舍，那么这种不忍不舍难道不是一种爱吗？曾经果断远走，不就是受不了云水的孤单寂寥、迷茫怅然吗？多少年过去，云水的繁重无聊已经被我过滤，只剩下闲居山野的诗意和静谧了吗？那么，我爱云水吗？我爱过它吗？我不知道，我只知道，我忘不掉云水厂那些人，忘不掉师父、师妹，忘不掉我的车间、厂房，忘不掉山上的花花草草、菌子杨梅，还有我们合伙做饭，争吵时丢在草地上那白生生的洋葱。或者我爱的，只是那一去不复返的青春年华？

站在云水的落叶上，我忽然发现，云水没变。有人无人，这块土地依然像大三线时期那样，默然宽厚，包容着一代又一代人。即使有一天，被挖掘、被淹没，云水也会永远留在云水人心里。

虽然我们都希望，它永远以从前的姿势站立，等待我们一次次膜拜、祭奠。

寻找春天

依然

某一年，我坐在故乡的庭院里，倚在暖暖的墙根下，眯眼晒初春的太阳。父母都已出门。院子里静悄悄的，偶尔会听到一粒麻雀的粪便“啪嗒”一声，落在干燥的梧桐树叶上。风穿过树梢、瓦片、矮墙、香台，缓缓地落在阒然无声的院子里，并在一株株桃树投下的影子上雀跃，发出轻微的“嘶嘶”的声响，犹如一条蛇，在树叶下寂寞穿行。

远远的大道上，传来女人们的笑声。但我并不关心这些。她们被晒得暖洋洋的围墙隔在了外面。我只关心高大的梧桐树在深蓝的天空中划下的稀疏的印痕。它们是天空的血管，在公鸡的鸣叫声中，忽然意识到春天的降临，便将一整个冬天蕴蓄的能量，汩汩流淌而出。我在静默中坐着，似乎看到天地间有万千棵树，正伸展着粗壮的枝干，将血液从遒劲发达的根系，运送至每一个向着蓝天无限靠近的末梢。我的嗅觉拨开除夕的烟尘，闻到春天质朴又盎然的气息。那气息从小小的庭院出发，从开始显露绿意的杨树枝梢上出发，从一只探头又返身的蚂蚁触须上出发，从麻雀活泼的羽翼上出发，沿着小巷，飞奔向广袤的田野。那里，匍匐的麦苗正抖落满身的积雪，将厚重的墨绿，变成清新的浅绿。串门回来的老人，轻轻咳嗽着，折向自家的田地，犹如一个诗人，深情注视着此时正在苏醒的大地。他将在这片属于他的大地上，弯腰度过四季。而此刻，春天，四季的起始，才刚刚开始。

又一年，我在呼伦贝尔雪原上。天空飘着细碎的雪花，大地白茫茫一片，阳光静静地洒在苍茫的雪原上。人们在自家的庭院里进进出出地忙碌。赶马车的人，从几公里外将干草拉回家去。高耸的草快要将他淹没了，但他依然慢慢地行走在雪地里，并不会因为零下二三十摄氏度的寒冷，而用鞭子抽打马匹，好让它更快一些。我站在没到小腿的雪地里，目送穿着羊皮厚袄和及膝长靴的男人，赶着马车，缓缓地经过长长的栅栏，转过某个人家的红墙，而后消失不见。

如此天寒地冻的雪原上，却从不缺少肥胖的喜鹊。它们有时落在低头专心吃草的奶牛身上，一动不动地蹲踞在那里。奶牛们从不抖动身体驱赶喜鹊。它们习惯了夏天与蝴蝶共生，冬天与喜鹊相伴。因为它们都是这辽阔自然中的一个部分，又似乎，它们生来就是相依相偎的爱人。

饭后无事，看到窗外的雪飘得小了一些，阳光依然安静无声地落满雪原，没有刺骨的寒风，是一个好天气，阿妈便说："走，我们出去逛逛。"

这听起来像是逛街。但事实上，雪原上没有什么街可逛。一切道路都被大雪覆盖。夏天里偶尔会出现的小商小贩，早已不见了踪影。除了远远的公路上，偶尔会看到汽车穿梭而过，坐落在草原上的整个小镇，似乎都在漫长无边的睡眠之中。

但在阿妈的眼中，这将整个小镇琥珀一样包裹住的天地，却处处有让人欣喜的风景。春天距离这片大地，似乎还遥遥无期，但每年长达半年之久的冬天，并未让这里的生命停滞。一切犹如四季如春的南方，沿着千万年前就已形成的既定轨道，有序向前。

我们经过一片马场，看到成群的马，正俯身从厚厚的积雪里寻找夏天遗忘掉的草茎。它们在金子般耀眼的雪地上，投下安静从容的身影。一匹枣红色的母马从雪地里抬起头来，轻轻地蹭着身旁孩子的脖颈，并发出温柔的嘶鸣。它的毛发浓密茂盛，体型矫健俊美，并因这份由内而外的母爱，在晶莹下落的雪花中，散发出圣洁的光泽。当我们走远，无意中回头，看到它已融入马群之中，犹如一滴水，融入汪洋大海。雪原在那一刻，洁净美好，犹如降临人间的婴儿。

路过铁轨，看到一只野兔“嗖”一声从我们面前穿过，随即又消失在苍茫的雪原上，只有凌乱的脚印，昭显着曾有灵动的生命途经此处。阿妈说，有时候，在万籁俱寂的夜晚，还会听到狼叫。但狼并不像人类想象中的那样可怕，牧民们习惯了它们的身影和它们苍凉的嚎叫。倒是圈里的羊，会下意识地打一阵哆嗦，相互靠得更紧一些。偶尔，也会有火红的狐狸，从杳无人烟的雪地上经过，并大胆地停住，朝着炊烟袅袅的小镇凝视片刻，然后，大约是知道人间的温暖，与己无关，便回转身，朝着雪原的深处奔去。

一路跟随我们行走的牧羊犬郎塔，呼哧呼哧地喘着气，脸上已经结了薄薄的冰。在辽阔雪原上行走的人，因为一只狗的陪伴，心里多了一份温暖。事实上，我和阿妈每每遇到一点来自自然的生命的印记，都会惊喜地互相提醒。比如一个空了的鸟巢，一棵尚未涌动绿意的大树，厚厚冰层下汩汩流动的河水，孤独饮水的奶牛，驮着主人缓慢行走的骆驼，一两只结伴而行的羊羔，还有冒出积雪的草茎，枯萎但尚未飘落到大地上的花朵，篱笆上缠绕的细细的藤蔓。这是大雪冰封中，距离春天最近的生命。一切都如冰层下的水，看似沉寂无声，却散发着古老又诗意的生机。

或许，在距离春天千里之遥的呼伦贝尔雪原上，恰是这样勃勃生命的存在，和自然中永不消泯的事物，鼓舞激荡着人类，让人们在每年大地冰封的冬天中行走，却可以葆有勇气，一直等到荡人心魄的春天抵达。